오늘도, 수영

오늘도, 수영

나만의 취미로

삶의 쉼표를 그리는

본격 수영 부추김 에세이

글·그림
아슬

애플북스

프롤로그

서른 살, 공부도 마치고 안정적인 직업도 얻었을 즈음. 왠지 마음이 공허했습니다. 많은 것을 달성했지만 매일매일 같은 일상을 반복하다 보니 삶에 활력소가 없었거든요. 무기력증이라고 하죠. 친구들은 운동 같은 새로운 취미를 권해주었지만 땀도 흘리기 싫어하고, 만사가 귀찮아서 뭔가를 시작하기가 쉽지 않았어요. '심심한데 한 번 해볼까?'라는 생각으로 수영을 시작한 게 인생의 전환점이 될 줄은 몰랐습니다. 지루했던 제 삶이 다시 소소한 에피소드로 채워지기 시작했거든요. 매일매일 웃음을 터뜨릴 만한 상황이 생기고, 사람들과 나눌 이야깃거리도 풍부해져, 이제는 수영에 관해서라면 몇 시간이고 떠들 수 있는 수다쟁이가 되어버렸습니다.

이 재미있는 이야기들을 더 많은 이와 나누고 싶어 시작한 그림일기가 인연이 되어, 이렇게 한 권의 책으로 세상에 나오게 된 것이 신기하기만 합니다. 이 책을 보시는 분들은 수영을 하고 싶은 사람일지도, 저처럼 수영을 하고 있는 사람일지도, 아니면 수영을 가르치는 사람일지도 모르겠습니다. 어떤 분들이든 너무 진지하기보다는, 자기 전에 수영 수다쟁이의 이야기 한 토막 듣는다는 가벼운 마음으로 봐주시길 바랍니다.

어른이 되어 무언가 몰두할 수 있는 취미를 가진다는 것은 멋진 일입니다. 왜냐하면 누구도 그걸 하라고 강요하지 않았는데 스스로 찾아내어 거기에 빠져버린 것이니까요. 그만큼 자발적으로 뭔가를 시작하고 이루어가는 모습은 그 사람을 빛나게 하는 것 같습니다. 이 책에는 수영에 푹 빠진 저의 이야기가 담겨 있지만, 그건 얼마든지 다른 운동이나 취미가 될 수도 있고, 당신의 이야기일 수도 있어요. 어떤 취미든 그것이 자신을 더 건강하게 만들 거라는 건 분명해요. 하루가 조금 더 의미 있고 각별해지는 기분도 들고요.

그래서 저는, 오늘도 수영하러 갑니다.

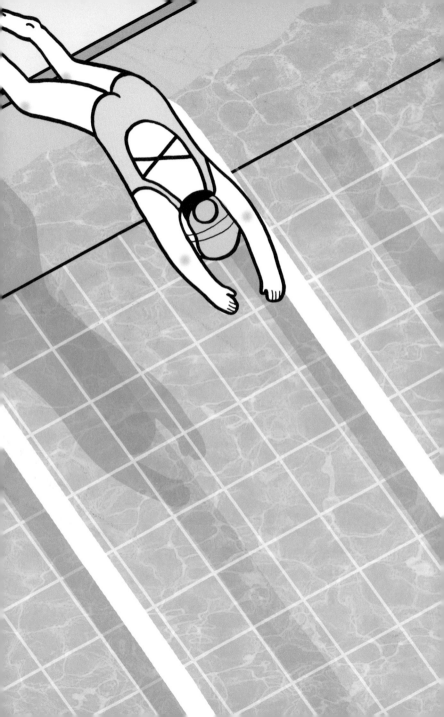

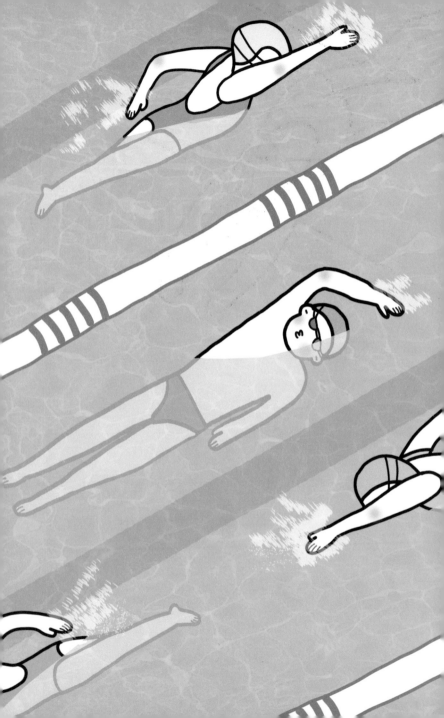

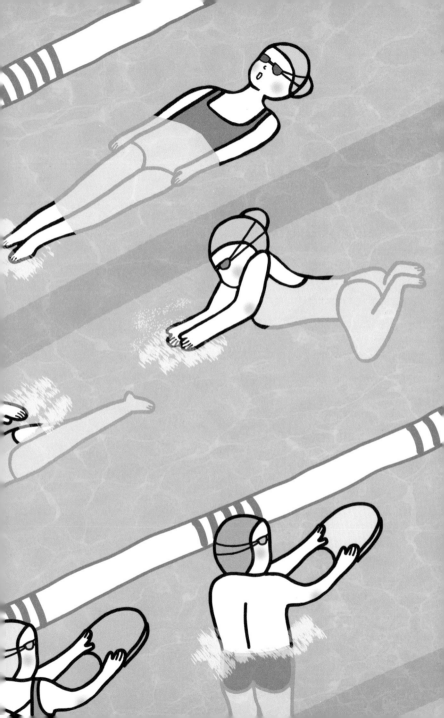

차례

(1장) 수영을 처음 시작하는 이들에게

2장 이상한 나라의 수영장

1장 수영을 처음 시작하는 이들에게

처음이란 언제나 설레는 것

수영반 개강을 하루 앞둔 저녁, 수영가방을 미리 싸두기로 했다. 마치 개학을 앞둔 어린아이처럼 두근거리는 내 모습에 피식, 웃음이 나왔다.

'나 곧 서른인데, 초딩 같잖아.'

속으로 툭 내뱉은 말과는 달리 정성스레 샤워 도구를 챙겨두곤 내일의 수영장 풍경을 상상해보았다. 수영장에 들어설 때면 코를 스치는 아릿한 락스 냄새, 그리고 길게 펼쳐진 레인들…….

'그나저나 나는 어떤 반에 배정될까?' '시험 보는 건 아니겠지?' '수영복 갈아입기 전에 샤워 먼저 하는 거 맞

나?' '혼자라 민망할 텐데 누구랑 얘기하지?' '내 또래들도 있을까?'

이불 속에서 내일에 대한 오만 가지 생각과 설렘, 그리고 약간의 두려움을 간직한 채 잠이 들었다.

누구에게나 처음은 설레고 긴장되기 마련이다. 그러나 버킷리스트를 노트에 쭉 적어 내려갈 때의 설렘은 막상 도전하는 날이 되면 긴장감으로 바뀐다. 때론 그 긴장감이 고조되면서 과도한 걱정으로 돌변할 때도 있다. 처음이라 어색한 순간, 처음이어서 서투른 행동들이 창피할까 봐 스스로 미리 마음을 접어버린 지난날들이 머릿속을 스쳐 갔다.

수능을 막 마친 스무 살 겨울, 나는 뭐든 할 수 있는 성인이 되었다는 생각에 흥분한 나머지 무작정 호프집 아르바이트에 지원서를 냈다. 그런데 아르바이트 시작 전날이 되자 '내가 왜 한다고 했지? 집에서 빈둥거리는 게 더 좋잖아!'라는 말도 안 되는 생각이 들었다. 결국 당일 나는 연락을 두절한 채 숨어버렸다. 호프집 사장님은 얼마나 황당하고 화가 났을까. 지금 생각해보면 당시의 나는 부모님 품을 떠나 돈을 버는 첫 도전이 너무나 하고 싶고 설레면서도 큰 부담으로 다가왔던 것 같다. 누가 아르바이트를 하라고 등을 떠민 것도 아닌데 말이다. 대단히 무례하고 무책임한 행동을 저질렀지만, 시간이 아주 많이 흐른 지금, 관대한 눈으로 그때의 나를 돌아보면 당시 내 심리상태가 이해되기는 한다. 그렇다고 내가 잘했다는 건 절대 아니지만.

새로운 취미에 도전하기—특히 수영—란 주제로 다시 돌아오면, 수영은 속살(?)이 노출되는 운동이기 때문에 특히 여성들에겐 조금 꺼려지는 게 사실이다. 어릴 적 수영을 배워서 별 거부감이 없는 나도 성인이 되고 수영복을 다시 입었을 땐 약간 민망하다는 생각이 들었으니까.

그런데 우습게도 사람들은 내가 생각하는 것만큼 내게 큰 관심이 없다. 내 옷차림을 그렇게 유심히 보지 않는다는 말이다. 그리고 단지 '수영복을 입어야 하는 것' 때문에 수영을 포기하기엔 수영은 정말 장점이 많은 운동이다. 우선, 물속에서 팔다리를 움직이는 일은 생각보다 힘들어서 살이 잘 빠진다. 그리고 나이와 성별에 구애받지 않으면서 사람들과 어울리는 재미도 있고, 회사에서 쌓이는 매일매일의 스트레스도 풀 수 있다. 수영 후엔 샤워도 할 수 있어 물세도 아끼고, 집에 와서 바로 자면 되니 이것보다 좋은 운동이 또 있을까.

내가 아무리 장점을 늘어놓아도 누군가는 '그래도 혼자 하긴 좀 그래. 친구와 함께 등록해야 심심하지 않을 텐데'라고 생각할 수 있다. 그런데 재밌게도 '혼자'라도 상관없는 운동이 수영이다. 잠시 강사의 설명을 듣는 시간 외에는 혼자 물속에서 사투를 벌이면 그만이다. 수영 연습을 하고 싶으면 내가 내킬 때, 아무 때나 수영장에 가서 연습하면 된다. 그러니까 '혼자라서' 등록을 망설일 이유가 전혀 없다. 심지어 노출 때문에 민망하고 부끄러운 건 첫날 아주 잠시뿐이니 너무 과도한 걱정은 접어두어도 좋지 않을까. 모두가 수영복을 입고 있기 때문에 어색함은 곧 사라진다.

다만 샤워장에서 풀장으로 풍덩하기 전까지의 30초 동안이 조금 민망할 수 있는데, 그 순간을 견디고 물속에 들어가면 그 후부터는 완전히 물과 나, 둘만의 세상이 펼쳐진다. 자세에 집중하고 정신을 가다듬지 않으면 곧바로 허우적대거나 물을 한 바가지 먹게 되니, 수영하는 동안엔 '아, 숨차다'라는 생각 외에 다른 생각을 하기는 힘들다.

나는 매일 헤엄치며 내 몸의 움직임에 집중하는 시간이 좋아서 수영을 한다. 그러면서 오늘 내가 저지른 한심한 일들을 물에 흘려보낸다. 신기하게도 수영을 하는 50여 분 동안에 그런 안 좋은 기분들이 수영장 물에 씻겨 떠내려가는 경험을 한다.

누구라도 처음이 두렵지 않은 사람은 없다. 처음이기에 두렵고 또 처음이기에 설레는 것이다. 어차피 두 감정이 공존해야 한다면, 나는 긍정적인 감정에 조금 더 집중하는 걸 선택하겠다. 그러면 한결 마음이 가벼워진다.

다시 만난 수영 세계

"새로 오신 분~"

'나 말고도 많겠지? 사람들 속에 묻어가야겠다.'

"(나를 쳐다보며) 새로 오신 분~!! 이리 오세요."

열 살 때 이후로 처음 와본 수영장이 낯설어 쭈뼛거리던 나는, 매의 눈으로 신입생을 찾아내는 수영강사에게 단박에 붙들렸다. 곧 알게 되었지만 이달의 '새로 오신 분'은 나뿐이었고, 나머지는 모두 최소 2년 이상 수업을 듣고 있는 장기 수강생들이었다.

"자유형, 배영, 평영, 접영, 다 해보세요."

강사님의 요구에 나는 어릴 적 배웠던 기억을 빠르게 더듬으면서 자세를 잡아보았다. 평영까지는 어찌어찌했는데, 접영은 도저히 생각이 나지 않았다.

"저…… 까먹었는데요."

"하하, 그래도 한번 해봐요."

'어떻게 하는 거였지? 아, 맞다!'

초등학생 시절 만세 접영을 배웠던 게 생각났다. 내가 생각해도 내 폼이 우스꽝스러웠던 슬픈 기억이 떠올라 하기 싫었지만 '어쩔 수 없지' 체념하며 대충 몸을 꿀렁여 보았다. 그래도 물속에서 나름대로 뭔가 박자는 얼추 맞는 것 같았다.

"음, 할 줄은 아시네요. 저쪽 상급반으로 가세요."

그렇게 나는 별안간 상급반이 되었다(나를 테스트한 그 강사님 반이다). 내가 더 놀라운 건 거의 20년이란 시간이 흘렀는데도 물에 들어가니 신기하게 몸이 수영을 기억한다는 것이었다.

'흠, 나 생각보다 멋진데?'

죽어라 운동을 안 했는데도 여태껏 죽지 않고 살아 있

는 나의 운동신경에 감탄했던 첫날이었다.

내가 세상의 많고 많은 운동 중에 수영을 선택한 이유. 바로 "물을 때릴 수 있어서"다.

내 또래, 그러니까 이십 대에서 삼십 대 여자들에게 인기 있는 필라테스, 요가 등의 운동을 안 해본 건 아니다. 솔직하게 말하자면, 요가는 회사생활에서 쌓인 분노가 많은 내겐 너무나도 정적인 운동이었다. 마음에 화가 많은 나로서는 자꾸 누르고 다스리라고 하는 것이 마음에

들지 않았다. 뭔가를 발산하고 싶은데, 도대체 왜 캄 다운(Calm down)해야 하고 릴랙스(Relax)해야 하는 건지 당최 이해할 수 없었다. 회사에서도 온종일 참았단 말이야!

그에 반해 수영은 굉장히 동적인 전신운동이다. 아무도 나에게 참으라고 하지 않았다. 좀 더 세게 밀라고, 팔 힘이 너무 약하다면서 온몸을 앞으로 보낼 수 있도록 팔다리를 세차게 흔들라고 했다. 그렇게 물을 패면서 내 몸이 흔히 말하는 '진 빠진' 상태가 되는 게 마음에 들었다. 하루 동안 쌓인 스트레스를 물에 대고 풀어버리자 기분이 아주 상쾌해졌다. 게다가 공용이든 아니든 땀으로 눅눅해진 매트 위에서 운동하는 것을 좋아하지 않는 나 같은 사람한테는 매일 자신이 입은 운동복을 빨고, 몸도 씻고 나오는 수영이 아주 제격이었다. 물론 수영장 물은 공동으로 마시고(?) 사용하지만 락스 냄새 외에는 다른 사람의 땀 냄새나 체온 때문에 고생할 일도 없고, 어쨌든 마지막에는 다 씻고 나오니까 그런 건 아무래도 상관없다고 생각했다.

사실 내가 기억하는 어릴 적 수영 수업은 약간 공포 분위기였다. 어른이 된 지금은 어느 정도 이해되지만, 어린 내 눈에 당시 수영 선생님은 항상 무섭고 위협적이었다. 난 그때 접영이랑 스타트를 배우고 있었는데, 아이들이 못 하겠다고 하면 선생님은 달래거나 용기를 북돋아주기보다 오히려 두려움을 없애기 위해 아이들을 물속으로 억지로 뛰어들게 했다. 그러나 키만 큰 겁쟁이 꼬마였던 나는 두려움을 극복하기는커녕 오히려 그로 인해 수영에 대한 두려움과 거부감이 생겼고, 결국 매일같이 관람석에서 나를 지켜보던 엄마의 열의와 기대에 부응하지 못한 채 수영을 그만두게 되었다.

　그런데 여긴 뭐지? 내가 속한 성인 새벽반은 화기애애하고 활력이 넘쳤다. 세상에 둘도 없는 친절한 강사님과 남녀노소 구별 없이 어울리는 회원들 모습은 낯설었지만 왠지 모르게 아름답기까지 했다. 새벽 6시에, 이렇게 활기 넘치게 하루를 시작하는 사람들이 있다니!
　당시 청년백수였던 나는 한낮까지 집에서 잠만 퍼질러

잤던 내 생활을 반성했다. 그리고 다짐했다.

"그래! 새벽 수영을 하고, 아침을 먹고, 취업 준비를 시작하는 멋진 백수가 되자!"

그렇게 서른을 맞이하는 겨울, 나의 두 번째 수영 인생이 시작되었다. 그때는 몰랐다. 이렇게까지 빠져들 줄은.

새벽반이냐, 저녁반이냐

누군가 나한테 물었다.

"당신은 새벽형 인간입니까? 아니면 저녁형 인간입니까?"

질문이 끝나기도 전에 나는 "저녁형이요"라고 답했다.

뭐든지 저녁 시간에 더 잘 되는 탓에 새벽은 나에게 잠자는 시간 그 이상 그 이하도 아니었다. 고등학생 때도 시험 전날 무지막지하게 벼락치기를 시도했고, 대학생 때도 밤샘 작업이 끊임없이 이어지는 전공을 선택한 까닭에 100퍼센트 저녁형 인간으로 살았었다.

그런데 언제부턴가 새벽형 인간에 대한 예찬론이 고개

를 들면서 나의 자존감은 자꾸 낮아졌다. TV에서 나와 같은 올빼미족(?)들을 은근히 깎아내리고 일찍 일어나는 사람만 긍정적으로 보여주는 것 같아 영 맘에 들지 않았다. 아니, 왜? 어차피 자는 시간은 7시간으로 똑같잖아.

　이러한 사회 분위기를 못마땅해하면서도 아이러니하게도 난 새벽반 수영을 신청했다. 심지어 제일 첫 시간인 새벽 6시 직장인반! 그때는 '나라고 새벽형 인간 못 할 것 없지'라고 생각했다. 못 일어나는 게 아니라 안 일어나는 것뿐이라고 말하고 싶었던 걸까.

　하지만 수영 이틀날부터 알게 되었다. 한 사람이 30년 동안 지켜온 습관을 3개월 만에 바꿀 수는 없다는 걸. 새벽반을 다녔던 3개월 동안 수영하고 집에 돌아와서 밥을 먹고 나면 그대로 뻗어버린 것이다. 네다섯 시간을 잠으로 보낸 거니까 거의 낮 시간을 통으로 날려버린 셈이다. 계획한 대로 새벽 수영 후 하루를 알차게 보내는 인간이 아니라, 새벽에만 열심히 활동하고 낮은 알차게 잠으로 보내는 낮잠형 인간이 되었다(물론 지금은 취준생에서 벗어

났기도 하고, 그냥 나 자신을 인정하며 저녁 7시 강습을 듣고 있다. 야호!).

수영반 이야기로 다시 돌아오자면, 새벽반과 저녁반은 각기 장단점이 있다.

새벽반은 아침 샤워를 수영장에서 하기 때문에 정말 눈곱도 안 떼고 자연인(?)의 모습으로 갈 수 있다. 나는 예의상 세수는 했던 것 같다. 그리고 샤워까지 하고 나오면 아주 상쾌한 하루를 시작할 수 있다. 강습반엔 사십 대 남성이 주류라서 운동량도 성인 남자에 맞추어져 나름 힘든 편이다. 분위기 역시 화기애애하기보단 운동만 딱 하고 끝나는 분위기다(나는 이 부분이 맘에 들었다). 친목 도모를 좋아하는 사람에게는 좀 냉랭하고 건조한 분위기일 수도 있다. 하지만 다들 졸린 상태에서 시작해 운동이 끝날 때쯤에는 파이팅 있게 끝나기 때문에 활기찬 하루를 시작할 수 있어서 좋았다.

단점을 굳이 이야기하자면, 여자 탈의실에서는 다들 출근을 해야 해서인지 드라이기와 샤워기를 먼저 차지하려는 쟁탈전이 치열하다는 것. 그 때문에 드라이기를 사수하지 못한 날에는 머리가 젖은 채로 출근할 수 있다는 점이다. 또 수모와 수경 자국이 약 두 시간은 남아 있어 얼굴에 자국이 난 채로 출근해야 한다는 것 정도다.

저녁반의 장점도 '샤워'를 들 수 있는데, 새벽반과는 정반대다. 수영 후 샤워를 하고 노 메이크업으로 집에 가서 바로 잘 수 있다는 점! 또 하나는 회사에서 나를 짜증 나게 했던 상사들에 대한 분노를 풀고 갈 수 있다는 것이다. 보통 직장인들은 술을 마시거나 뒷담화를 하면서 풀지만, 수영인들은 그 약속을 취소하고 조용히 수영장으로 향한다. 입수 후 킥판을 잡고 발차기로 몸을 푼 다음에, 화가 많은 날은 평소보다 팔을 세게, 퍽퍽 소리가 날 정도로 물을 치곤 한다. 그렇게 50분 정도 하고 나면 온몸에 남은 힘 하나 없이 진이 빠진다. 그런데 신기하게도 이런 상태가 되면 나를 화나게 했던 사람들에 대한 분노가 가라앉고 '그래, 그럴 수도 있지. 나도 완벽하진 않잖아' 하며 관대해지는 나를 발견하게 된다.

저녁반은 남녀노소가 골고루 분포되어 있지만 주류는 역시 삼사십 대다. 새벽반과는 다르게 수다도 떨고 운동 후 친목 모임도 자주 한다. 운동도 무리하지 않을 만큼 적당히 하는 것이 특징이다. 단점이라면 잦은 모임으로 운동 효과가 좀 떨어질 수 있다는 것과 새벽반보다는 덜 북적여서 새로 온 수강생들에게 호기심 많은 아주머니, 아저씨들이 신상정보를 많이 물어본다는 정도. 개인적인 생각으로는 친목+적당한 운동량을 원한다면 저녁반이 더 나은 듯하다.

나는 퇴근하고 집에 들렀다가 가기에 시간이 딱 맞기도 하고, 회사에서 쌓인 스트레스를 푸는 게 좋아서 저녁반을 다니고 있다. 새벽 시간에 운동하면 개운해서 좋지만 그 기분을 출근과 동시에 깡그리 망칠 수 있으니까. 그리고 아침 일찍 일어나는 것에 상당한 스트레스를 받으니, 내겐 저녁반이 제격인 것 같다.

자신의 라이프스타일은 스스로가 제일 잘 안다. 수영 강습반 선택에서부터 나 자신의 스타일을 알 수 있다. 수

영은 거의 매일 가는 운동이니 이왕이면 무리하지 않는 선에서 선택하는 것이 좋은 것 같다. 안 하던 행동을 하는 건 상당한 고통을 수반하니까. 수영에 내 삶을 맞추기보단 내 삶에 수영을 끌어들이는 편이 현명하다. 그러면 아주 천천히, 내 일상에 활력이 스며든달까.

수영을 시작하기 전에

수영을 하려면 꼭 필요한 준비물. 상당히 번잡할 거라고 생각하겠지만 사실 별것 없다. 수영복, 수영모자(수모), 수경, 세면도구, 수영가방 정도다. 다행히 테니스처럼 라켓도 필요 없고, 볼링처럼 볼백을 끌고 다녀야 하는 것도 아니라서 아주 가볍게 들고 다닐 수 있다. 물론 상급반이나 연수반 이상이 되면 오리발이나 패들 같은 장비가 약간 추가되긴 하지만 들고 다니기에 힘들지 않은 수준이다.

보통 수영을 처음 시작할 때는 스포츠센터 안에 있는

매장이나 백화점에서 물품을 구매한다.

검은색 수영복, 무채색 수모, 렌즈가 투명한 수경.

이게 수영을 시작하기 위한 최소의 아이템이다. 제일 저렴한 것으로 맞추면 대략 4~5만 원 정도다. 그러면 아마도 초보의 모든 아이템은 검은색으로 맞춰질 것이다. 대부분 처음 가는 수영장에서 튀고 싶지 않은 마음 때문인데, 수영장을 오래 다니면 다닐수록 수영복은 화려한 색으로 바뀌고 수모는 수영복 색상과 맞춰지며, 수경의 렌즈가 진해진다.

수경은 처음 구입했을 때는 잘 보이다가 몇 번 사용하고 나면 뿌옇게 흐려진다. 불량품이라고 생각하기 쉽지만, 이건 수경에 발라져 있는 안티포그(Antifog) 효과를 위한 막이 영구적이지 않기 때문이다. 그래서 안티포그 액을 미리 준비하면 좋다. 뿌리는 스프레이 타입이나 수경 렌즈 안쪽에 손으로 살짝 펴 바르는 종류가 있다. 수영장 들어가기 전에 발라서 물에 살짝 헹궈주면, 수영하는 한두 시간 동안은 처음 샀을 때처럼 아주 깨끗한 물속을 구경할 수 있다(이건 완전 필수품이다!).

여성의 경우에는 보통 두 가지 타입의 수영복을 입는다. 무릎까지 오는 5부 아니면 원피스형인데, 간혹가다가 래시가드를 입는 사람들도 있다. 그런데 수영은 팔을 많이 돌려야 하는 운동이라서 긴소매가 불편할 수 있다. 남성의 경우는 무릎까지 오는 5부, 숏사각, 삼각(흔하진 않지만) 등 좀 더 다양하다. 예전에 흰색 삼각 수영복을 입은 할아버지를 본 적이 있는데 순간적으로 속옷인 줄 착각할 뻔했다. 수영장의 시선 강탈러가 되고 싶지 않다면, 검은색 수영복을 입거나 아니면 오히려 화려한 수영복으로 시선을 되도록 분산시키는 편이 안전하다.

수영모자는 실리콘 계열을 가장 많이 쓴다. 실리콘 수모는 마른 머리카락과 닿으면 부드럽게 빗겨나가지 않고 거칠게 달라붙는다. 그러므로 수모를 쓰기 전 물에 머리를 충분히 적시자. 그렇지 않으면 수모를 쓰다가 머리카락이 뜯기는 고통을 맛볼 수 있다.

또, 얼굴에 화장이 남아 있으면 유분 때문에 수모가 이마 위로 점점 미끄러져 올라간다. 본인은 잘 알아채지 못

하지만, 강습 막바지에 보면 초보 라인의 수영인들은 수모가 골무처럼 솟아 있는 경우가 종종 있다. 그러므로 머리에 샴푸를 하고 화장은 지운 후 수모를 쓰는 게 가장 안정적이다. 수모를 쓸 때는 세로 주름이 이마 가운데로 오도록 쓴다. 실리콘 수모는 살과의 접착력이 좋아서 피

부가 약간 땅겨 올라가 젊어 보이는 효과도 있다(그렇다고 눈꼬리가 너무 올라가게 쓰면 무서워 보이니 주의!).

다음은 수경. 이건 취향이긴 하지만 수영 고수가 될수록 눈이 안 비치는 것을 선호하는 것 같다. 미러 수경은 남이 볼 때 렌즈가 거울처럼 반사되어 내 눈동자의 움직임을 숨길 수 있다. 뭔가 미러 수경을 쓰고 있으면 멋져 보이기도 하고.

나도 시선을 자유롭게 하고 싶은 마음에 미러 수경을 샀는데, 생각지 못한 단점은 렌즈가 진할수록 시야가 어둡고 렌즈 색상에 따라 수영장 물색이 새빨갛거나 시꺼멓게 보인다는 것이다. 그래서 물속에서 약간의 두려움을 느낄 수 있다. 그래도 똥그랗게 뜨고 있는 내 눈을 누가 보는 것보다는 표정을 감출 수 있는 미러 렌즈가 좀 더 내 취향이긴 하다.

수영장에서 보면 대체로 수영가방은 바구니, 메쉬가방 혹은 드라이백을 들고 다닌다. 바구니는 말 그대로 목욕탕 갈 때 가지고 다니는 것처럼 손잡이가 달려 있고 그물 모양으로 된 플라스틱 가방이다. 튼튼하고 물 빠짐이 좋다. 메쉬가방도 그물망처럼 생겼지만 부드러운 재질이라 역시 물이 잘 빠지고 가벼워서 많은 사람이 선호한다. 최근 유행하는 드라이백은 반대로 가방 안에 물을 가두어 놓는 개념의 방수 재질 가방으로, 젖은 수영복을 넣고 가방의 입구를 돌돌 말면 물기 없이 깔끔하게 들고 다닐 수 있어서 요즘 핫아이템으로 떠오르고 있다. 단, 드라이백은 집에 와서 내용물을 꺼내 널어놓는 것을 깜빡할 경우 수영복이나 수모에 곰팡이가 생겨 냄새가 날 수 있으니 주의해야 한다.

음-파 음-파,
숨은 코로 내쉬는 겁니다

"음-파, 음-파."

수영을 한 달이라도 배워본 사람이라면 가장 먼저 생각나는 이것은? 수영의 호흡법이다.

나는 어릴 때 배워서 어렴풋이 알고 있었지만, 굳이 그렇게 호흡하지 않아도 몸은 앞으로 나가니까 크게 신경 쓰지 않았다. 강사도 호흡법에 대해 별말이 없었고, 사실 난 거의 다 까먹어서 그냥 막무가내로 하고 있었는데, 어떤 눈썰미 좋은 강사가 나에게 물었다.

"회원님, '음파' 하고 있어요?"

"네?"

'가만…… 음파가 뭐였더라?'

내가 갸우뚱하자 강사가 나를 붙잡아 세우더니 몸소 음파 시범을 보여줬다. '음-' 할 때는 코로 내뱉는 거고 '파-' 할 때 남은 숨을 내뱉으면서 고개를 돌리는 거라고. 그냥 잠자코 듣고 있었는데, 불현듯 이해가 안 되는 부분이 생겼다. '음-'도 내뱉는 거고, '파-'도 내뱉는 건데 그럼 숨은 언제 들이마시는 거지?

강사가 알려준 대로 다시 자유형으로 헤엄치면서 내가 어떻게 호흡하는지 생각했다. 사실은 '음-파-합'이었다. '파-'까지 다 내뱉고 고개를 돌리는 순간에 '합-' 하고 공기를 들이마신다. 아니, 숨 들이마시는 게 얼마나 중요한데 왜 '합'을 빼놓고 말해서 사람 헷갈리게 하는 거야? 게다가 초보자가 들으면 언제 숨을 쉬어야 하는지 도저히 모를 것 같은데!

호흡할 때 코를 '흐으으응' 천천히 소리 없이 내뱉어도 되지만, '음-' 소리를 내는 게 숨을 더 오래, 천천히 뱉을

46

수 있다고 한다. 하지만 너무 크게 소리를 내면 물 밖에 있는 다른 사람들도 '음-' 소리를 들을 수 있으니 주의. 어떤 방법을 선택하든 물속에선 항상 코로 내쉬고, 나머지는 입으로 한 번에 빠르게 탁 뱉기!

언젠가 물 공포증이 있는 친구에게 호흡하는 법을 가르쳐준 적이 있다. 친구는 물속에 머리를 넣는 것 자체가 공포라고 했다. 처음에는 코가 너무 맵다고 해서(아마도 코로 물을 들이켜서 그런 거겠지만) 아주 얕은 유아 풀에 데리고 가 무릎을 꿇고 앉아서 머리만 넣었다 빼기를 시켰다. 친구는 바닥을 딛고 있다는 사실에 평온해 보였고, 그렇게 한 시간 정도 연습하자 스스로 코로 내쉬는 법을 깨우쳤다. 신기하게도 호흡하는 법을 알게 된 친구는 완전히 자신감이 생겼는지, 그 후로 수영 강습을 등록하더니 지금은 기초반 에이스로 맹활약하고 있다.

수영을 처음 시작하는 이들에게 '음파음파'는 가장 많이 듣는 말이자 가장 강력한 무기이다. 오늘도 수영장 기

초반에서는 쩌렁쩌렁한 강사님의 소리가 들린다.

"음-파 음-파, 숨은 코로 내쉬는 겁니다!"

너의 하루를 위로해

언젠가 나에게 아주 길었던 하루가 있었다. 직장 상사와 으르렁대고, 마음속에선 주체할 수 없는 화가 끓어오르고, 수많은 나쁜 말이 머릿속에서만 맴돌았던 날. 말할 수 없는 울분이 몸속 깊은 곳에서부터 치솟더니 당장이라도 눈물이 터져 나올 것 같았다. 평소 무덤덤하기로 둘째가라면 서러운 난데, 그날은 거친 감정이 롤러코스터를 탄 것처럼 요동쳤다.

간신히 눈물을 참고, 퇴근길 붐비는 지하철에 몸을 실었다. 새로 산 블루투스 이어폰을 한쪽 귀에만 꽂고 음악을 켰다. 플레이리스트의 그 어떤 음악을 들어도 위로가 되지 않았다. 음악을 끈 후, '술을 마셔야 하나?' 생각했지만 다음 날 고생할 몸이 떠올랐다. 슬프다고 술을 마시는 건 술에 약한 내겐 최소 이틀을 날리는 일이었다. 애송이들이나 술에 의지하는 거라고 생각했기 때문에 그런 행동은 하고 싶지 않았다. '그러면 집에서 잠이나 잘까?' 이런저런 생각을 하다 보니 내 발걸음은 자연스레 수영장 앞에 도착해 있었다. 그리고 무언가를 생각할 틈도 없이, 그냥 매일 그랬던 것처럼 수영복으로 갈아입고 물속으로 들어갔다.

풍-덩-

"아, 차가워."

몸이 으스스 떨리면서 빨리 자유형 한 바퀴를 돌아야겠다고 마음먹었다. 얼른 수경을 쓰고 팔 동작 한 번에 발을 한 번씩 차면서 마음속으로 '가자!'라고 외쳤다. 머리, 어깨, 가슴 순으로 물속에 몸을 재빠르게 집어넣었다. 귀가 물에 잠기는 순간 내 주변에서 웅웅대던 모든 소리가 멈췄다. 그대로 천천히 물살을 헤쳐 나아가면서 세 번에 한 번꼴로 숨을 쉬었다. 처음에는 오늘 내내 나를 괴롭혔던 생각들이 머릿속을 짓궂게 돌아다녔다. 하지만 한 바퀴를 돌아올 때 즈음부터는 점점 숨이 가빠오면서 호흡을 언제 할 것인가에 대해 더 집중하게 되었다. 아까는 세 번에 한 번 했는데 이번엔 두 번만 하고 숨을 쉬어야겠다, 따위의 생각들이 나를 지배해갔다.

그렇게 서너 바퀴를 왕복하다 보니 점점 호흡에 대한 생각으로 머릿속이 가득 찼고, 동시에 한계점이 다가옴을 느꼈다. '이번 바퀴만 돌고 한 번 쉬어야겠다.' 나는 동작을 멈추고 물속에서 몸을 세워 잠시 숨을 고른 다음, 다시 호흡을 가다듬고 자유형을 반복했다. 자유형이 지겨워지면 평영 한 번, 접영 한 번 이런 식으로 바꾸기도 하면서.

누구에게도 방해받지 않고 온전히 나에게 집중하는 시간(수영할 때 옆 사람이 보이긴 하지만 그건 아주 찰나다)은 하루 동안 짊어지고 있던 복잡하고 나쁜 생각들을 지울 수 있게 해준다. 지운다기보다는 물에 씻겨 내려간다는 표현이 좀 더 맞을 것 같다.

나는 팔다리를 상당한 속도로 나부대면서 한 시간 내내 그것들을 씻어낸다. 머릿속을 맴돌며 내 기분을 상하게 하던 일들은 호흡이 가빠지며 숨이 넘어갈 듯 말 듯한 순간에 아무것도 아닌 것이 된다. 마무리로 샤워장의 뜨끈한 온탕에 잠시 들어갔다가 레드로즈 향의 바디클렌저로 몸을 씻어내면 끝. 나쁜 생각도, 나쁜 생각에 혹사당한 내 몸도 씻어내는 것이다. 그러면 아주 말끔해진 기분이 든다. 육체도, 정신도 쾌적하고 뽀송뽀송한 순간이다. 특히 청량한 여름 밤공기를 맞을 수 있다면 상쾌함으로 그 즐거움은 배가 된다.

머리를 대충 말리고 집에 돌아와, 캔맥주 하나를 툭 따면서 오늘 내가 느꼈던 가라앉은 감정들에 대해 곱씹어보았다. 운동하던 순간에는 생각이 안 났는데, 또 나네.

하지만 온몸에 힘이 빠져 노곤해진 나는 다시금 생각한다.

'아, 근데 별일 아니었던 것 같아. 왜 그렇게 화가 났는지 모르겠네……'

열심히 팔다리를 구르는 사이 하찮은 감정들을 몸 밖

으로 밀어내고 수영에 집중하고 있었던 게 분명했다. 집에 돌아와 생각해보면 수영하는 동안 나는 그 감정들을 지우고 있었던 거 같다. 기분이 좋지 않은 날 보통 사람들은 친구나 가족과의 대화를 통해 속상한 마음을 위로받는다. 하지만 다른 사람에게 약한 모습을 보이고 싶지 않고, 남에게 위로를 받으면 오히려 그 감정들이 다시 마음속에서 치밀어 올라와 한 번 더 고통을 느끼는 나 같은 특이체질(?)은 차라리 이렇게 한 시간 만이라도 수영을 하는 쪽이 훨씬 낫다. 그렇게 수영은 나에게 조금 다른 방식의 위로를 주는 운동이다.

수영은 지친 나의 하루를 묵묵히 위로한다. 물속에서 있는 그대로 감정을 내뱉고, 다시 호흡을 들이쉬면서 그것들을 천천히 소멸시킨다.

그렇게 한 바퀴를 돌고 나면 한결 가뿐하다. 엄청난 배고픔과 졸음이 몰려오는 것도, 다른 잡생각이 들지 않는 것도 좋다.

띠동갑 친구가 생겼다

친한 친구 J와 같이 동네에 있는 큰 수영장에 다녔다. 우리는 저녁 8시 마지막 수업이었기 때문에 수영 수업이 끝나면 레인이 모두 비어 있어 운 좋게도 스타트 연습을 할 수 있었다. 그날도 어김없이 J와 나는 스타트대에서 서로를 봐주며 스타트 연습을 하고 있었다. J는 자세가 엉망이어서 항상 물에 배치기를 하곤 했다(나도 다를 건 없었지만). '찰싹' 수면을 때리는 소리가 나고 곧이어 허벅지가 빨개진 친구를 보며 깔깔대고 웃고 있는데, 옆에서 갑자기 걸쭉한 경상도 사투리가 들렸다.

"우짜노? 배 괜찮은 기가?"

우리와 같은 반에서 배우는 키가 작고 눈이 부리부리한 아저씨였다. 평소엔 말이 없으셨지만 한번 말할 때마다 특유의 큰 목소리와 경상도 사투리가 귀에 쏙쏙 박혔던 터라 익히 그의 존재를 알고 있었다. 아저씨는 강사도 없이 딱 봐도 초짜인 여자애 둘이 스타트 연습을 하는 것이 안되었던지 자세를 봐주시기 시작했다. 그리고 그날을 계기로 우리 세 사람은 수영장 베스트 프렌드가 되었다.

친해진 후 알게 된 아저씨의 나이는 마흔둘. 나와 무려 열두 살 차이가 났다. 셋 다 수영장 근처에 살아서 종종 수업이 끝나고 근처 카페에서 망고 음료를 한 잔씩 하면서 수다를 떨곤 했다(그러고 보니 희한하게도 술은 마시지 않았다).

이 상황이 조금 웃기고 부자연스럽다고 생각했던 건 역시나 우리들의 나이 차 때문이었다. 보편적인 인간관계에서 생각해보면 열두 살 정도의 나이 차가 나는 사이에는 "안녕하세요" "잘 지내셨어요?" 따위의 인사 말고는 딱히 나눌 말이 없으니까. 나이 차이가 꽤 나고 성별도 다르니 공통 관심사가 적어서 친해지기 어려운데 말이다. 하지만 아저씨는 젊은 유머 감각(우리가 환호할 만한)이 있으면서도 적당한 선을 지킬 줄 아는 유쾌한 사람이었다. 나와 J를 어린 여자애로 대하거나 인생의 선배로서 무게를 잡거나 하지 않았다. 수영을 같이 다니는 친구 사이. 딱 그 정도였다.

  가끔 수영장에서 이렇게 친구가 생기면 내 자세의 잘못된 부분을 알 수 있어서 정말 좋다. 거울로 확인할 수 없는 자세까지 서로 조언해줄 수 있기 때문이다. 특히 같은 반 사람들끼리는 서로의 자세를 자주 보기 때문에 상대의 장점도, 단점도 더 세밀하게 알 수 있다. 수영할 땐 내 자세가 바른지 아닌지 스스로 알아챌 수 없으니 같은 반 사람들의 조언은 나에게 큰 도움이자 자극제가 되는 셈이다.

  관심사가 비슷한 또래 친구들 말고는 잘 어울리지 못했던 나는, 수영을 하면서 다양한 연령대 사람들과 섞이는 법을 알게 되었고, 자연스레 그들에게 마음도 조금씩

열게 되었다. 어쩌면 예전의 나는 스스로 나이라는 편견의 틀을 만들고 그 속에 나를 가둔 건 아니었을까. 그래서 요즘은 어디에서 어떤 사람을 만나든 나이나 직업, 성별로 선을 긋기보단 그 사람의 성향이나 관심사에 초점을 맞추려고 노력한다. 그리고 나와 맞으면 스스럼없이 친구가 되는 것이다.

취미를 공유한다는 것

"스타트할 때 발끝을 좀 펴야 안 되나? 왜 그냥 첨벙거리기만 하노."

"아, 왜 안 되는 거지? 동영상 좀 더 봐야겠어요."

수영장에서 만난 사람들과 나누는 대화의 90퍼센트는 수영 이야기다. 그런 걸 보면 누군가와 같은 취미를 공유한다는 건 엄청난 이야깃거리가 생기고 엔도르핀이 막 솟아나는 일이다. 적어도 나한텐 그랬다. 지금은 내가 경기도로 이사하고, J도 동네를 떠나게 되면서(아저씨는 출장 직이라 늘 수영장을 갑자기 그만둘 수 있다고 말하곤 했지만 계속 끝까지 다니셨다) 우리 셋은 자연스레 흩어지게 되었지만, 그때가 여전히 그립다.

　나이를 먹을수록 어릴 적 친구들은 하나둘 자기 삶을 찾아간다. 뿔뿔이 흩어지고 멀어지는 것에 가끔은 괜한 아쉬움과 서운함이 일기도 한다. 학창 시절처럼 매일매일 만나는 사이가 그리워서일까. 사회생활을 시작하고 나서는 더욱더 마음 맞는 친구를 만나기가 어려웠다. 각지에서 모여든 사람들은 성장환경, 식습관, 유머 코드, 취미 등 모든 것이 달랐다. 그리고 그들은 유난히도 나에게 내 나이대에 지녀야 할 사회적 가치관과 규범을 내가 올바르게 습득하고 실천하기를 바랐다. 마치 나라는 사람 자체를 부정하는 것 같았다. 그들과의 이야기는 늘 마땅히 해야 할 일(예를 들면 승진을 위한 노력, 연애, 결혼 등)에 대한 조언으로 끝이 났다. 그래서 언제부턴가 난 그들에게 아예 나에 대한 정보를 주지 않기로 결심했다.

　인생은 스스로가 알아서 사는 건데, 왜 매번 조언의 얼굴을 한 잔소리로 남에게 스트레스를 주는 걸까. 나는 있는 그대로의, 스스럼없는 사이가 좋지만 그런 말들은 듣고 싶지 않았다. 껍데기뿐인 말(난 아무 도움도 되지 않는 그런 대화들을 '껍데기 말'이라고 부른다). 껍데기 말들을 공유하는 것에 흥미가 없었던 나는 온 힘을 다해 그들과의 대화를 거부했고, 그러는 사이 까칠하고 유별난 사람이 되어 있었다.

그런 내게 수영장은 파라다이스였다. 그곳에서 만난 사람들은 대부분 수영에 대한 이야기만 나누었다. 정해진 시간 동안 수영만 하니까 달리 대화를 나눌 새도 없다. 수영장에선 적어도 회사에서처럼 불쾌한 언어 공격을 당하지 않아도 되었다.

띠동갑 아저씨와 친구 같은 관계를 유지하게 된 것도 마찬가지다. 사적으로(?) 자주 만났음에도 불구하고 수영 자세에 대한 얘기나 시답지 않은 유머를 주고받는 것 외엔 서로의 사생활을 터치하지 않았다. 사십 대지만 미혼인 아저씨 역시 사회가 천편일률적으로 요구하는 것들에 대해 나와 비슷한 가치관을 가지고 있었던 거 같다. 수영이라는 공통 관심사 하나만으로 회사 부장님 급의 사람

과 한 시간을 훌쩍 넘도록 웃고 떠든다는 것은 예전엔 상상도 못 했던 일이다.

이렇게 마음을 열고 편견 없이 상대방을 바라볼 수 있게 해주다니. 수영은 참 신기한 운동이다. 일상에 치이고 사람에 지쳐 있던 내게 새로운 활력을 불어넣어주었다. 그래서 난 항상 수영이 여러모로 마성의 운동이라고 느낀다.

등짝을 맞고 싶지 않다면, 샤워해

수영을 다시 시작했을 때, 어릴 적 기억이 가물가물했던 나는 모든 게 헷갈렸다.

'샤워하고 수영복을 입는 거였나, 수영복으로 갈아입고 샤워를 하는 거였나?'

'수영가방은 어디에다 놓고 들어가는 거더라?'

나는 일단 조금 늦게 가서 다른 사람들이 어떻게 하는지를 보고 따라 하는 방법을 택했다. 일부러 한 박자씩 늦춰 가며 사람들을 관찰하기로 말이다. 나보다 어려 보이는 어떤 여자를 따라서 탈의를 하고 샤워장으로 들어서는데, 저쪽에서 카랑한 목소리가 들려왔다.

"아가씨, 머리 감았어? 샤워하고 들어가야지!"

중년의 아주머니 한 분이 젊은 여자와 실랑이를 벌이고 있었다. 그 여자는 수영복을 입은 상태였는데, 마른 머리에 수모를 쓰려다가 아주머니의 레이더망에 걸린 것 같았다. 상황은 대충 이랬다. 여자는 집에서 샤워를 하고 와서 다시 샤워할 필요가 없었는데, 그녀가 씻었는지 아닌지 알 길이 없던 아주머니는 여기서 샤워를 다시 하고 수영장에 들어가야 한다고 반복해 말했다. 여자는 짜증이 났지만 더는 실랑이 하고 싶지 않다는 듯 체, 하더니 머리를 감기 시작했고 소란은 거기서 끝이 났다.

물속에 들어가기까지 대략의 순서는 이렇다. 탈의 후 샤워를 하고 수영복을 입는다. 이때 샤워는 물로만 하는 샤워가 아닌, 머리 샴푸 후 몸에 비누칠까지 하는 샤워다(중요!). 그 후 수영복을 입고, 수영모자 및 수경을 쓰면 된다. 세면도구가 든 가방은 샤워장에서 수영장으로 나가는 출구에 대부분 선반이 있는데, 거기에 두면 된다. 라커룸 키를 함께 놓거나 내용물이 비치는 투명한 수영가방을 사용하는 경우 고가의 목욕용품이나 수영용품을 도난당할 수 있으니 주의해야 한다.

그런데 수영을 시작할 때 이런 정보는 누가 알려주는 것이 아니라서 각자가 눈치껏 물어보거나 알아서 해야 한다. 규정이라기보다는 에티켓이다 보니 생각의 차이가 생긴다. 나 또한 집에서 씻지 않으면 밖에 나가지 않는 사람인지라, 이미 씻고 수영장에 왔는데 또 머리까지 감는 건 좀 억울해서 생략할 때도 있다. 그런데 물샤워만 하거나 또는 아예 씻지 않고 들어오는 사람도 정말 많다고 하니 물을 더럽히지 않으려고 열심히 씻고 들어온 사람 입장에선 조금 허탈해지기도 한다.

또한 워터파크식 수영장에 익숙한 사람들은 간혹 화장을 한 채로 들어오는 경우도 있으니, 실내 수영장을 오래 다닌 회원들 입장에서는 기가 막힐 노릇일 것이다. 그래서인지 샤워장에서 가끔 큰소리가 날 때가 있는데, 앳된 학생들이 입술에 빨간 틴트를 바르는 행동이 문제가 되기도 한다. 그런 쪽으론 무던한 나 같은 사람이야 '이런 사람, 저런 사람이 다 있구나' 하면서 그냥 넘기지만,

아무래도 터줏대감 여사님들은 앞서 말한 샤워장 아주머 니처럼 수영장 보안관을 자처하며 직접 지도하는 경우가 왕왕 있다.

수영장의 독특한 샤워실 문화. 문화라고 하는 게 맞는지는 모르겠지만, 모르고 갔다가는 깨끗한 수영장 물을 지키려는 회원들에게 다짜고짜 싫은 소리를 들을 수 있으니 조심해야 하는 건 사실이다.

한 가지 덧붙이자면, 샤워하는 도중에 갑자기 다른 사람과 샤워기를 같이 쓰게 되더라도 당황하지 않기. 공용인 샤워기는 사용자가 비누칠하는 동안에는 누구라도 사용할 수 있다고 생각하는 사람도 종종 있으니까.

마지막으로, 샤워실에서는 '자리 맡아놓기' 문화도 존재한다. 만약 내가 고른 샤워기 선반에 목욕용품 바구니가 살포시 놓여 있다면 조금 조심해야 한다. 이 수영장을 아주 오래 다닌 터줏대감의 자리일 수 있으니까 말이다. 샤워 도중에 끼어들어서 '자기 자리'라고 비켜달라는 경우도 왕왕 있다.

수영장 샤워실은 약육강식의 정글과 흡사한 것 같다. 결국 맨살로 누벼야 하는 정글의 법칙을 잘 익혀서, 자기자신을 지켜야 한다. 수영도 하기 전에 등짝을 맞고 얼얼해지는 봉변을 당하고 싶지 않다면 말이다.

강사님과 외계어

다시 수영을 시작한 지 약 3개월쯤 지났을 때 나는 드디어 올림픽에서나 보는 국제 규격 50m 수영장에 입성했다.

"아이엠 200m 하겠습니다~ 접영 할 때 캐치부터 힘주지 마시고 피니시는 확실하게~ 스트로크 줄이면서 글라이딩 길게 길게~ 오시면 드릴 하나 더 할 거예요~ 자, 출발!"

'아이엠? 그게 뭐지? 내가 아는 건 아이엠 그라운드 자기소개하기밖에 없는데……. 드릴은 또 뭐야, 수영장 바닥에 드릴처럼 내다 꽂는 훈련인가?'

무슨 말인지 도저히 짐작도 가지 않아 멘붕인 그때, 앞에 계시던 아주머니가 싱긋 웃으며 말했다.

"접, 배, 평, 자! 50m씩 하면 돼."

아, 아이엠은 인디비주얼 메들리(Individual Medley)의 약자로 개인혼영(접영·배영·평영·자유형 각 영법으로 같은 거리를 차례로 이어서 헤엄치는 종목)을 가리키는 말이었다. 또 캐치(Catch)는 '물 잡기'라고도 하며 팔을 뻗어 구부릴 때 물을 잡는 동작이고, 글라이딩(Gliding)은 팔을 쭉 뻗어 물에서 미끄러지듯 나아가는 동작이다. 그리고 드릴(Drill)은 구멍을 뚫는 드릴이 아니라 자세교정용으로 짧게 끊어진 훈련 동작을 의미했다.

와, 큰 수영장은 역시 노는 물이 다르구나. 전문 용어도 쓰고.

나중에 인터넷 수영 커뮤니티를 하면서 알게 된 수영 외계어(?)도 많은데, 이를테면 다음과 같다.

성장 = 수영장

자수 = 자유수영(시간대에 따라 오수, 낮수, 저수라고 칭한다)

놀성 = 놀면서 무리하지 않고 하는 수영

빡셩 = 쉴 틈 없이 훈련하듯 하는 수영

수린이 = 수영 어린이. 한마디로 완전 초보

평포자 = 평영을 포기한 자

난생처음 듣는 외계어 앞에서 처음엔 당황할 수 있다. 하지만 얼마 지나지 않아 새로운 용어들을 알아가는 재미에 빠져들게 된다. 10년쯤 지나 뼛속 깊이 수영인이 되면 나도 여느 회원님처럼 말하고 있겠지.

"횐님들, 오늘 셩장에서 저수하고 커피 타임 가져요~ 수린이, 평포자 모두 환영합니다!"

수영장 회식문화

여느 날처럼 수영 수업을 마친 후 다 같이 손을 잡고 파이팅을 외치려던 순간이었다. 강사님과 서로 눈빛을 교환하던 1번 회원님이 말했다.

"다음 주 목요일에 연말 회식이 있습니다. 장소는 밴드(온라인 모임 공간, 어느 수영장이든 신기하게도 다 밴드가 있다)에 공지할 거고요, 강사님도 오시니 꼭 참석 부탁드립니다~."

처음에는 수영장에서 듣는 '회식'이라는 단어가 이상했다. '회식은 회사에서나 하는 건데, 무슨 수영하는 사람들끼리 회식을 한다는 거지? 매일 만나서 같이 수영하다 보니 회사공동체만큼 끈끈해진 건가?' 그런 생각을 하고 있는데 10분 휴식 시간을 알리는 종이 울렸다.

문득 30년 동안 잠자던 나의 호기심이 폭발하기 시작했다. 다양한 연령의 사람들이 섞여서 같은 취미를 공유하는 그룹의 회식은 어떨지 너무나 궁금했다. 그래서 회식에 참여하기로 마음먹었다.

지하 1층 라커룸에서 수영장 입구로 올라오는 길에 안내문이 붙어 있었다. 누군가 우리 반의 회식 장소를 인쇄해서 붙여놓은 거였다. 이쯤 되니 수영장 회식은 회사 회식만큼이나 의미를 지니고 있는 것처럼 보였다. 철저히 계획된 공적인 자리라는 말씀.

1번 회원님이 강사님도 온다는 떡밥을 뿌려서인지 생각보다 많은 인원이 하나둘 회식 장소로 모여들었다. 그런데 수모를 벗고 만난 우리 반 회원들이 서로를 단박에 알아보지 못하는, 작은 혼란이 벌어졌다. 아주 개성 있는 한두 명을 제외하고는 대부분이 수영장에서와 상당히 다른 모습이었기 때문이다. 수영장에서는 물이 묻어 피부가 반짝반짝 빛나고, 수모가 얼굴 피부를 살짝 땅겨주어서 실제 나이보다 훨씬 어려 보이는 사람이 많다. 나만해도 삼십 대인데 몇몇 분이 고등학생 아니냐고(감사합니다!) 했던 적이 있을 정도니까. 또 수모를 쓰면 헤어스타일을 전혀 유추할 수가 없다. 상대의 머리가 짧은지 긴지, 머리숱이 풍성한지 빈약한지, 또 머리색은 어떤지 내내 모르고 지내다 이런 자리에서 확인하게 되니 다들 낯설수밖에. 그래서 사람들이 도착할 때마다 서로 인사를 나누기까지 약 3초간 정적이 흐르곤 했다.

초반의 어색한 시간이 지나고 나면 서로 자기소개도 하면서 금방 분위기가 풀어지고 즐거운 대화가 시작된다. 자전거 소매점을 운영하는 아저씨, 헤어디자이너 아주머니, 클라이밍 동호회를 겸하고 있는 기러기 아빠, 평범한 고등학생 등 각양각색의 사람들이 모인 회식 자리. 다행히도 '수영'이라는 공통의 관심사가 있어 누구와 함께하든 대화를 이어나가기에 어색함이 없다.

"J 씨는 접영을 어쩜 그렇게 예쁘게 해?"

"언제부터 수영을 배웠어?"

그리 어리지 않은 나이에도 불구하고 반에서는 거의 막내였기 때문에 나와 내 친구에게 질문 공세가 쏟아졌다. 일일이 대답하느라 조금 귀찮았지만 어찌 됐든 그날 회식은 '수영'이라는 주제에 충실한 자리였다. 회식 내내 사람들은 수영 자세에 관해 토론하거나 자신의 노하우를 전수하며 저마다의 수영을 이야기했다. 젊은 시절 야근을 불사하며 업무 스킬을 늘렸노라는 상사의 술자리 무용담보다 훨씬 흥미로운 주제임이 분명했다.

강사님은 나중에야 합류했다. 내가 회사 회식을 일의 연장으로 느끼듯 그분도 왠지 피곤한 표정이었지만, 어쨌든 화기애애한 분위기 속에 연말 회식은 끝이 났다.

수영을 배우지 않는 친구에게 우리 반 회식 이야기를 하면 정말 깜짝 놀라곤 한다. 왜냐하면 내 또래가 배우는 필라테스나 요가, 헬스 같은 운동은 회원들의 나이대가 비슷해도 서로 얼굴 정도만 알뿐 데면데면한 상태로 운동만 하다 오는 경우가 대부분이기 때문이다. 아마도 중장년층이 많은 수영장의 특성상 이런 회식문화가 생겨난 것 같다. 우리 엄마를 보면서도 느낀 거지만, 자녀들을 다 키우고 일상에서의 이벤트가 자꾸만 줄어드는 시기에 접하는 이런 모임은 새롭고 다양한 사람들을 만나고 친해지는 기회이다. 오롯이 자신에게 집중하며 운동하는 것도 삶에 활력을 주지만, 함께 운동하는 사람들과 어울리는 것 역시 또 다른 방식으로 긍정적 에너지를 가져다준다. 너무 자주 하지만 않는다면, 한 번쯤 수영장 회식에 가보는 것도 나쁘지 않다.

비닐에 담긴 봉투의 정체

내가 자주 가는 인터넷 수영 커뮤니티에는 명절이나 스승의 날이 다가오면 비슷한 주제의 글들이 올라온다.

"같은 반 아주머니가 명절 떡값을 걷겠다는데, 어떡하죠?"

떡값이란 한 반에 20여 명 되는 회원들이 만 원씩 십시일반으로 돈을 모아 강사에게 수업에 대한 고마움의 표시를 하는 것이다. 그 때문에 명절이 낀 주의 수영장 풍경은 평화로우면서도 왠지 약간의 전운이 감돈다. 수업이 끝나면 총무가 비닐에 담긴(돈이 젖으면 안 되므로) 봉투를 들고 등장하여, 받지 않겠다는 강사와 실랑이를 벌인다. 서로 계산하겠다고 내미는 카드 실랑이처럼 우리나라에서만 볼 수 있는 진풍경이 한동안 이어지다 떡값 증정이 어떤 식으로든 마무리된다. 요즘엔 사회 분위기상 많이 사라지긴 했지만, 그래도 여전히 존재하는 문화이긴 하다.

이러한 떡값 고민이 게시글로 올라오면, 커뮤니티 구성원의 연령에 따라 반응이 엇갈린다. 내가 가입한 두 개의 카페 중 하나는 주로 미혼들로, 다른 하나는 주로 기혼과 중년들로 구성되어 있다. 어떤 사람들은 감사한 마음을 표현하는 한 가지 방법일 뿐이라며 옹호한다. 반면 내 또래들이 모인 커뮤니티에서는 '가장 이상하고 이해할 수 없는 수영장 문화'라는 의견이 대세다. 내 입장은 후자에 가깝다. 수강생들이 돈을 모아 강사에게 주는 이 떡값 문화가 처음엔 잘 이해되지 않았다.

성실히 가르쳐주는 강사에 대한 고마움은 개인적인 선물로 표현하면 좋을 텐데. 우리나라 특유의 '집단주의'가 여기에서 힘을 발휘하는 게 아닐까 싶다. 만약 같은 반 수강생 중 누가 불편함을 내비치면, 행동대장 격인 총무님이 압박해오기 시작한다. 나도 떡값 문화가 선뜻 이해되지 않아 버틸 때가 있었는데, 탈의실에서 총무님을 마주칠 때마다 "아가씨, 만 원 냈어? 현금 없으면 내가 대신낼 테니까 나중에 나한테 줘"라는 말을 들어야 했다. 사실 하루에 한 시간 만나 운동하는 사이에 크게 신경 쓸일은 아니라고 생각할 수 있지만, 스트레스 풀려고 하는운동인데 뭔가 묘하게 불편한 것들이 존재했다.

어디서든 마찬가지겠지만 신경 쓰고 싶지 않은 일을마주할 수밖에 없는 상황이 있다. 나도 처음 이런 문화가 있다는 걸 알았을 때 무척 어색하고 싫었다.

그런데 3년여를 다닌 지금, 조금은 이해가 된다(우리 수영장에선 아주 엄격하게 금지하고 있지만). 어른들이 강사에게 개인적인 고마움을 표현하고 싶은데 뭘 해야 할지 몰라서, 어색하고 쑥스러워서 봉투의 힘을 빌리는 것은 아닐까 하고 말이다.

물론 이런 일로 남을 불편하게 하거나 강제로 돈을 걷

어서는 안 된다고 생각한다. 그러나 좋게 생각해보자면, 어쩌면 이건 다른 운동에선 잘 찾아볼 수 없는 수영장의 이색문화(?)라고 할 수 있다. 그래도 낸 사람, 안 낸 사람 명단을 구분해서 적는 건 안 하면 좋겠지만.

여사님들의 텃세

텃세란 무엇일까? 안정적인 틀을 갖춘 어느 그룹에 뉴 페이스(!)가 나타나면 사람들은 오묘한 감정을 느끼기 마련이다. 절반은 어떤 사람일까 하는 호기심, 절반은 저 사람이 그룹에서의 내 위치를 흔들지 않을까 하는 경계심. 나는 후자의 감정이 비뚤어지게 나타나는 현상이 텃세라고 생각한다. 여기서 상대가 자신보다 잘나 보이기라도 하면 간혹 '질투'라는 감정이 추가되기도 한다.

수영장 텃세는 수영의 연관 검색어로 뜰 만큼 유명하다. 거의 매일 20~30명의 사람이 함께하는 운동이다 보니 자연스럽게 서로를 관찰하게 되고, 수영 실력도 알게 된다. 뒤처지지 않아야 모두가 평화롭게 운동할 수 있으니 각자의 속도에 맞춰서 순서도 정해진다. 1번이 빠진 날은 2번이 1번에 서는 식이다. 나도 같은 반 회원들의 얼굴을 보면 빠르고 체력 좋은 남자, 접영 자세가 예쁜 여자, 이렇게 구분할 정도니까.

이렇게 견고히 만들어진 하나의 그룹에 가끔 신규 회원이 들어오면 아주 재미있는 상황이 벌어진다. 일단 누가 들어오면, 기존 회원들은 신입의 실력을 은근히 지켜보다가 자기보다 잘한다 싶으면 앞으로 보내고, 아니다 싶으면 그 앞으로 가서 출발해버린다. 예를 들어 아주 힘이 좋아 보이는 남자가 들어오면 아저씨들은 한 바퀴 도는 걸 지켜보고 앞자리를 내주는 식이다.

반면 어린 고등학생이나 대학생이 들어오면, 아저씨들은 풋풋한(?) 학생이 들어온 것 자체로 매우 좋아해주신다. 하지만 항상 예외가 있듯이, 자신의 영역과 입지를 과시하려는 듯 텃세를 부리는 사람들도 분명 있다.

나도 하룻강아지 수영장 텃세 무서운 줄 모르고 새벽 반에 다닐 무렵, 호되게 당한 적이 있다. 당시 나는 상급 반이었는데, 수영을 마치고 샤워 후 파우더룸에서 머리를 말리는 중이었다. 머리숱이 많아서 드라이기와 선풍기를 동시에 써야 다른 사람이 말리는 시간과 비슷하게 머리를 말릴 수 있었다. 옷을 다 입고 벽걸이 선풍기를 쐬면서 열심히 머리를 말리고 있었는데, 갑자기 옆에서

중얼거리는 소리가 들렸다.

"아, 추워."

나는 윙윙거리는 드라이기 소리와 주변 소음 때문에 '잘못 들었나?' 생각하고 잠깐 멈추었다가 다시 머리 말리기를 계속했다. 이번엔 높고 날카로운 목소리였다.

"아, 춥다고!!"

고개를 들어서 옆을 보니 아까부터 내 옆에서 (알몸으로) 머리를 말리던 아주머니였다. 순간 나는 선풍기를 끄고 사과를 해야 할지, 아직 다 마르지 않은 머리를 말리는 데 계속 집중해야 할지 판단이 서지 않았다. 잠시 생각하다가 저렇게 목소리를 높이는 걸 보면 어지간히 싫은가 보다, 하고 선풍기를 껐다.

"괜찮으세요?" 물었더니, "아, 춥잖아!"라는 답이 돌아왔다.

'아니, 추우면 옷을 입던가. 굳이 선풍기 쐬는 사람 옆에서 발가벗고 무슨 진상이람.' 마음속으로는 짜증이 났지만, 결국 아무 말도 하지 못했다. 아주머니는 끝까지 알몸을 고수하며 머리를 드라이기로 다 말리고서야 탈의실을 나갔다.

아주머니 역시 내게 "여긴 내가 매일 드라이하는 자린데 갑자기 나타나서 선풍기를 틀다니, 다른 곳으로 가주겠니?"라고 말하고 싶었는지도 모른다. 그런데 한 가지 웃긴 사실은 내가 연수반에 올라간 뒤 그 아주머니와 인사하고 안면을 트자 그때부터 나에게 아주 살갑게 굴더라는 거다. 단순히 모르는 사람이어서 내가 그렇게 거슬렸던 걸까? 선풍기를 끄지 말고 그냥 "안녕하세요" 하고 인사나 할 걸 그랬나 보다.

반 수모와 그들만의 리그

　내가 다닌 중학교는 교복을 입었다. 진초록색 체크무늬 치마에 재킷도 초록색이었는데 내 눈엔 그다지 예뻐 보이지 않았다. 교복은 학교를 상징하는 표식이자 단체 생활에 소속감을 주는 역할을 한다. 하지만 그만큼 개개인의 개성을 인정하지 않고 모두를 획일화하는 것 같아 나는 교복을 입는 게 싫었다.

　그랬던 내가 성인이 되어 수영장에서 교복과 다름없는 반 수모를 착용하게 될 줄이야!

　새로 옮긴 수영장에서 강습을 마치고 샤워장 쪽으로

걸어가는데, 같은 반 아주머니가 나를 불러 세우더니 뭔가를 건넸다.

"이거 우리 반 수모인데, 다음 시간부터 쓰고 오면 돼. 만 원인데 편할 때 나한테 주면 되고~"

난 산다고 한 적이 없었지만, 어영부영하는 사이 수모가 내 손에 쥐어져 있었다.

'반 수모? 꼭 써야 하는 건가……'

찬찬히 수모를 훑어봤다. 흰 바탕에 구글 이미지 검색으로 따온 파도 모양의 아이콘이 가운데 박혀 있었다. 그 밑에는 이 모자를 쓰면 접영의 웨이브를 마스터할 수 있을 것처럼 'Wave Master(웨이브 마스터)'라는 글자가 인쇄돼 있었다. 흔하디흔한 영문 폰트에 해상도를 무시하고 복사해 붙여넣기 한 이미지, 그리고 난감한 원색의 컬러까지. 그냥 쓰려면 쓸 수도 있었지만 나름 디자인 관련 업계에 종사하는 나로서는 그냥 넘어가기가 힘들었다. 나중에 다시 제작하게 된다면 꼭 이 디자인을 바꿔보리라.

사실 모든 사람이 반 수모를 쓰지는 않는다. 그럼 수

영장에서 반 수모를 쓰는 사람들은 누굴까? 수영반이 초급-중급-상급-연수-마스터즈로 이루어져 있다면 주로 윗반인 연수반이나 마스터즈반에서 반 수모 착용을 '권장'한다. 연수반에 있는 사람들은 보통 수영을 3년 이상 한 사람이 대부분이고 그 때문에 그들에겐 알게 모르게 '수영 부심'이란 게 존재한다. 적어도 이 수영장에서만큼은 우리가 수영을 제일 잘하는 사람들이라는 자부심이랄까?

똑같은 색상의 수모를 쓰고 무리를 지어서 수영하는 모습을 보면 확실히 멋있기도 하고 뭔가 그들만의 리그가 있다는 것이 느껴진다. 어떤 면에서 반 수모에는 "자네, 이 수영장 최고의 반에 입성한 걸 축하하네"라는 훈장의 의미가 담겨 있는지도 모른다. 영화를 보다 보면 특수부대에서 공을 세운 이의 가슴에 상징적인 배지를 달아줄 때가 있는데, 이 장면에서 보는 이들이 울컥하듯이 말이다. 다만 수영복 디자인과 전혀 어울리지 않는 수모의 기괴한 색이나 디자인이 가끔 문제가 되기는 한다.

종종 인터넷 카페에는 "왜 반 수모를 강요하나요?"라는 글이 심심치 않게 올라온다. 반 수모 쓰는 것을 거부하면 약간의 눈총을 견뎌야 할 때도 있다. 나는 반 수모 착용에 부정적이긴 했지만, 그것을 거부하기보다는 직업 정신을 발휘해 수모를 새로 디자인해서 사람들에게 선보

이는 쪽을 선택했다.

　기왕이면 모든 사람이 쓰고 싶어 하는 반 수모를 만들고 싶었던 나는, 우리 반 회원들이 내가 만든 수모를 쓰고 날치처럼 접영 하는 모습을 보며 그렇게 뿌듯할 수가 없었다. 이런 게 반 수모의 효과인가! 회원들이 다가와 수모 디자인이 마음에 든다고 말할 때면 나도 모르게 어깨가 쓱 올라갔다. 게다가 그 뒤로 나는 신규 회원이 들어올 때마다 "이분이 수영모자 디자이너십니다!"라고 소개되었으니, 어느새 우리 반의 주요 일원이 돼버린 느낌이었다.

　반 수모는 처음 생각했던 것처럼 부정적인 것만은 아니었다. 매일 만나는 수영 그룹 안에서 결속력을 다지고 자부심을 느끼게 하는 매개체 중 하나라고 생각하면 말이다.

수영장 로맨스

누구나 한 번쯤 수영장에서 일어나는 로맨스를 목격하거나 그 주인공이 되기를 소망해본 적이 있지 않을까. 수영할 때는 의도치 않게 스킨십을 하기도 하고, 서로 자연스럽게 자세를 봐주면서 이야기를 나누기 때문에 남녀가 함께 있다면 그런 일이 일어나지 말란 법도 없다. 그런데 나는 왜 수영하는 동안 그런 광경을 별로 보지 못했을까.

일단 수영장엔 미혼의 젊은 남녀가 별로 없다. 대한민국의 청춘들은 학업, 취업, 연애로 너무 바빠서인지 수영장에 잘 출몰하지 않는 것 같다. 나오더라도 여름휴가를 대비해 잠깐 수영을 배우러 온 기초반이 대부분이고, 그 마저도 3개월을 넘게 하는 사람이 드문 게 현실이다. 기초반은 자기 숨쉬기도 벅차서 딴생각할 겨를이 없고, 고급반인 연수반은 수강생의 95퍼센트가 중장년층이다. 그래서 나는 수영을 즐기는 사람들의 평균 연령이 로맨스가 일어나기에는 조금 높은 편이라는 결론을 스스로 내려보기도 했다.

한번은, 이루어지지는 않았지만 강사와 회원 사이 로맨스가 일어날 뻔한 경우를 본 적은 있다. 처음 수영장을 다녔을 때 수영반에서 내 또래는 강사가 유일했다. 당시 우리 반 강사는 약간 오지랖이 넓은 타입이었다. 같이 다니던 친구가 결석한 날 나 혼자 킥판을 잡고 발차기를 하며 수영장을 돌고 있는데, 강사가 다가와 내 친구에게 남자친구가 있는지 물어보며 없다면 자기가 사람을 소개해주겠다고 했다. 상대가 누구인지 말해주지도 않아서 그 일은 나와 내 친구에게 수영장을 다니는 내내 핫이슈였다.

우리는 강사가 말한 사람이 누구일지 추측하기 시작했

다. 같은 반 회원 중에 있을까? 아니면 옆 반 수강생? 그도 아니면 소개해줄 사람이 있다고 하고 본인이 나오려나? 점점 상상의 나래를 무리하게 펼치던 중 소개남의 정체가 드러났다. 그는 바로 우리 옆 반(상급반)의, 목소리가 아주 하이톤인 강사였다. 웃기는 사실은 그 소개남이 내 친구를 소개해달란 것도 아니었고, 단지 우리 반 강사가 오지랖을 떨었을 뿐이라는 것.

얼마 전 수영을 주제로 한 〈참치와 돌고래〉라는 웹툰을 본 적이 있다. 한 회짜리 드라마로도 제작되어 방영했었는데, 모태솔로인 여자가 수영장에서 두 남자와 삼각관계로 엮이는 에피소드를 담고 있었다. 수영장 로맨스가 아주 귀엽게 묘사돼서, 그 만화를 보고 수영장에서의 소소한 애정사를 기대했던 나는 한 시간 동안 수영만 죽어라 하는 우리 반에 조금 실망하기도 했다. 어찌 됐든 가끔씩 피어나는 로맨스를 지켜보거나 직접 경험해보는 건 수영장을 다니며 덤으로 누리는 소소한 재미일 것이다.

수영은 처음이거든요

우리 수영장은 샤워실에서 제일 가까운 레인을 기초(입문자용) 레인으로 쓰고 있다. 그래서 월초에는 항상 수영을 처음 배우는 사람들을 볼 수 있다. 연령대는 고등학생으로 보이는 앳된 얼굴부터 어르신들까지 다양하지만 모두 초보의 귀여움을 지니고 있다. 그들을 보면서 '귀여움'을 느끼는 이유는 뭘까. 초보 레인을 보고 있자면 내가 수영을 처음 배울 때 한 번씩 겪었던 어이없는 실수들이 떠오르기 때문이다.

무엇보다 귀여운 것은, 수영모자가 골무처럼 머리에 얹혀 있는 초보 회원을 볼 때이다. 처음에는 잘 쓰고 들어

왔는데, 수영을 열심히 하면서 모자가 점점 이마를 타고 올라가 수업이 끝날 즈음에는 이마 끝에 간신히 매달려 있는 것이다. 수모를 바짝 당겨서 머리카락을 다 집어넣어야 하는데, 처음에는 이 실리콘 수모 쓰기가 쉽지 않다. 앞서 이야기한 것처럼 얼굴에 메이크업 잔여물이 남아 있으면 이마에서 미끄러지면서 수모가 슝- 하고 고무줄처럼 튕겨 나간다. 나도 샤워실에서 몇 번이나 실리콘 수모를 미사일마냥 사방팔방으로 날렸는지 모른다.

수모에 물을 살짝 담아 쓰는 팁을 전수받은 후에도, 이걸 세로 주름이 앞으로 오게 쓰는 건지 옆으로 오게 쓰는 건지 도대체 알 수가 없어서 이상한 방향으로 쓰고 들어간 적도 있다. 보통은 수모의 주름을 이마 정중앙으로 오게 한다. 먼저 이마를 비누로 뽀득뽀득 씻고 수모에 물을 담는다. 그리고 이마 앞쪽에 수모를 반쯤 걸친 후 뒤를 약간 벌려서 한 번에 쓴다. 이러면 수모의 물이 약간 새어 나오면서 머리카락과 수모가 빈틈없이 밀착돼 아무리 수영을 해도 벗겨지지 않는다. 이때 주의할 점은, 머리카락이 미리 젖어 있지 않으면 수모와의 마찰 때문에 다 뜯

기게 되는 불상사가 일어난다는 것이다.

또 초보 레인에서는 킥판을 자주 사용하는데, 이 킥판을 잘못 잡는 유형도 꽤 많다. U자처럼 생긴 킥판의 둥근 쪽을 앞으로 해서 양 사이드를 잡으면 된다. 킥판은 한쪽면만 비스듬히 깎여 있는데, 이 깎인 면을 수면과 맞닿게 해야 한다. 반대로 깎이지 않은 면을 수면에 맞닿게 해서 사용하면 뭔가 발을 차긴 차는데 물살과 킥판이 서로 밀며 싸우는 느낌이 든다. 잘못 잡은 것이다. 하지만 수영이 익숙해지는 중급반쯤 되면 자동으로 킥판은 제대로 잡고 찰 수 있다.

갓난아기가 아장아장 걷는 걸 보면 귀엽듯이 수영장에서 보는 초보들도 그렇다. 그 사람의 나이나 외모에 상관없이 무언가를 처음 배우며 실수하고 알아가는 모습이, 서툴고 어리숙해 더 눈이 가고 마음이 간다. 수영이 물이라는 특수한 환경에서 하는 운동이라 그런지 운동신경이 뛰어난 사람보다는 두려움이나 긴장감이 별로 없는 사람이 처음에는 더 두각을 나타내기도 한다. 그래서 육지에선 운동에 관해서라면 자신이 있는 사람도 물속에서는 어딘지 우스꽝스러운 자세를 취하게 되어 다른 이들에게 웃음을 주기도 한다. 물이 어색하고 익숙지 않기 때문에, 다들 한 번쯤 개그맨이 된다. 그래서 기초반에는 항상 웃음꽃이 피곤 한다. 그 웃음소리만으로도 기초 레인 사람들은 수영장의 시선 강탈러가 된다.

진상일까 관심일까

　수영은 장비나 강습비에 대한 부담이 적어서인지 몰라도, 아주 다양한 사람이 모인다. 그래서 특이한 사람도 많고, 타인에 대해 과도한 관심을 가진 사람도 종종 접하게 된다. 또한 물이라는 특수한 환경이 사람 사이에 마음의 장벽을 허물고 쉽게 대화를 틀 수 있게 하는 것이 분명해 보인다. 전혀 모르던 사람도 스스럼없이 서로 말을 거는 곳이 수영장이니까.

　하지만 요즘 젊은 세대는 개인주의 성향이 강해서, 일종의 관심 표현을 하는 이들을 그저 진상이라 생각하고 불만을 토로하기도 한다. 하여튼 나도 수영장에서 만난 특이한 사람들이 있는데, 특히 기억나는 몇 가지 사례를 들어보면 이렇다.

　첫 번째는, 자유수영을 할 때 가장 많은 유형인데, 남의 수영 자세에 대해 품평회를 여는 회원이 이에 속한다. 같은 반이거나 아는 사람이라면 그런 조언이 고맙겠지만, 모르는 사람이 다가와서 내 자유형 스트로크(동작)가 이상하다며 내 팔을 허락 없이 잡고 돌리는 건 별로 유쾌한 일은 아니다. 보통, 상대가 정말 잘못된 자세를 하고 있어서 다칠까 봐 걱정되는 게 아니라면(그렇더라도 오지랖이라고 할까 봐 주저하게 된다) 자세 문제로 남한테 말을 거는 일은 거의 없는데, 수영장에선 정말 매번 자세에 대해 지적하는 분을 만나곤 한다. 그나마 말로만 하면 괜찮은데, 신체를 잡는 건 정말 불편하다. 내 입장에서는 아무래도 수영복이 운동복치고는 노출이 많다 보니 좀 더 거리를 유지하고 싶은 마음이 드는 것도 사실이고.

　때론 과한 친절이 상대를 불편하게 한다는 것을 모르는 사람도 많은 것 같다.

또 다른 유형은 TMI(Too Much Information)를 요구하는 분들이다. 처음 신규로 반에 들어가면 기존 회원들과 인사를 나누게 되는데, 그러면 꼭 얼마 지나지 않아 나에게 질문 세례가 쏟아진다. "몇 살이야?" "대학생? 직장인?" 여기까진 그래도 물어볼 수 있다고 생각한다. 그런데 "남자친구는?" "결혼은 했어?" 등등 노골적으로 사생활을 캐묻는 말이 계속되면, 수영장에 운동하러 온 나로서는 또다시 회사로 출근한 것만 같은 기분이 든다. 스트레스를 풀러 온 공간에서 부장님이 난데없이 "어, 왔어?" 하며 반갑게 맞아주는 기분이라고나 할까.

수영장에서는 회사 이야기도, 내 미래에 대한 계획도 나누고 싶지 않다. 그런 생각에서 멀어지고 싶어서 수영장에 온 거니까. 특히 같은 취미로 만난 사람들이라면 우리가 공유할 수 있는 수영에 관한 이야기만 하고 싶다.

"그냥 대충 얘기하면 되잖아. 대답 안 할 거까지 뭐 있어?"

내 불평을 들은 친구는 이렇게 조언했다. 그래, 대충 대답해도 되겠지. 그런데 무서운 건 내 이야기가 3일 후면 수영장 전체에 퍼져버릴 수도 있다는 거다.

어릴 적부터 남들이 뒤에서 내 이야기를 하는 게 끔찍이 싫었던 나는, 다른 사람들 입에 오르내리지 않기 위해 조용하게 살아왔다. 그러니 수영장에서의 사생활 질문 공세가 쉽게 적응되지 않는 건 당연했다. 하지만 이제는 나도 내성이 생겨서 크게 무례하지 않은 질문이라면 미소 한 번 짓고, 바로 물속에서 벽을 밀고 출발해버리는 작은 기지를 발휘할 수 있게 되었다.

마지막으로 정말 '진상'이라고 부를 만한 부류가 있는데, 바로 '텃세'를 부리는 사람들이다. 매일매일 만나 한 그룹에서 오랫동안 함께 지내온 사람들끼리 단합심이 생기는 것은 이해하지만, 새로운 사람이 들어왔을 때 어른답게 맞아주지 못하고 용심을 부리는 회원들이 종종 있다. 그 현상은 수력이 오래된 회원이 많은 그룹일수록 조금 더 심해진다. 예를 들어 신규 회원이 들어오면 그 사람의 수영 실력을 지켜본 다음 자신이 속한 그룹으로 받아줄지 말지를 결정하는 사람들이 있다.

또한, 수영장은 성별을 초월한 질투의 장이기도 하다. 어떤 사람들은 신입이 자기보다 실력이 좋으면 경계하고 은근히 깎아내리는 말을 한다. 아무래도 수영은 나이가 어릴수록 잘하는 경향이 있는데, 이런 신체적 차이를 인정하지 않고 시샘 어린 말을 내뱉는 모습을 종종 볼 수 있다. 여자들의 경우 젊거나 예쁜 사람이 들어오면 날 선 분위기를 만들어버리는 사람도 있다. 특히 남자 강사와 젊은 여자회원이 이야기라도 조금 하려 하면 주변에서 아주머니들의 시샘 어린 수군거림이 들리기도 한다. 여고 시절에나 하던 은근한 따돌림이 수영장에서도 일어난다. 예컨대 마음에 안 드는 사람에게만 회식 날짜를 알려주지 않거나 하는 아주 치사한 방법으로 말이다. 이런 상황을 주도하는 사람들이 나이가 적지 않은 중장년층이라는 게 더 믿기 어려울 뿐이었다. 수영하러 다니면서 드는 생각인데, 나이를 먹었다고 해서 다 어른다운 어른이 되는 건 아니라는 거다.

텃세를 제외하면, 수영장에서 맞닥뜨리는 '진상'이라

고 할 만한 경우는 사실 애정 어린 관심에서 비롯된 것이 많다. 물론 타인에 대한 관심이 너무 과하다면 불편함을 느낄 수는 있겠지만, 다른 운동과 약간 다른 이 분위기를 어느 정도 받아들이는 너그러움이 있다면 수영 생활이 더 풍요로워질 것이다.

아, 수영장에선 수영만 즐겁게 하고 싶은데, 그것도 어렵구나.

샤워실 진풍경

어린 시절 부산에 가면 외할머니를 따라 할머니가 터줏대감으로 있는 목욕탕에 가곤 했다. 여탕에 들어서면 온갖 종류의 달콤한 냄새가 뒤섞인 오묘한 향기가 났다. 과일 맛 요거트라든지 갈아 만든 감자나 오이 팩 같은, 누군가로부터 입소문을 탄 갖가지 피부미용 아이템들이 아주머니들 몸에 발라져 있었다.

어머니들이 많은 오전 시간대에 수영장에 가면 그곳 샤워실에서도 비슷한 향이 났다. '오일 및 요거트 등을 몸에 바르지 마세요'라는 문구가 버젓이 샤워실 곳곳에 붙어 있지만, 동그란 목욕탕 의자를 하나씩 깔고 앉은 그녀들의 손에는 갖가지 피부를 위한 비장의 무기들이 들려 있었다. 피부 관리를 위해 오일이나 요거트를 바르는 게 잘못은 아니지만, 그 잔여물이 바닥에 남아 미끄러지는 사고를 유발할 수 있기 때문에 사용을 금지하는 곳이 많다. 아마도 누군가 미끄러져서 크게 다친 사례가 있기 때문에 저런 문구가 붙어 있는 걸 텐데. 그런데도 전혀 아랑곳하지 않는 모습이 쿨해 보이기까지 했다.

여자들은 남자보다 훨씬 오랜 시간을 샤워실과 탈의실에서 보내는지라 그만큼 신기한 광경을 많이 연출한다. 예를 들면, 탈의실 바닥에서 갑자기 펼쳐지는 커피 타임 같은 것이다. 수영장 탈의실에는 라커들이 몇 줄로 쭉 늘어서 있고, 중간중간 물건을 둘 수 있는 평상이나 벤치가 놓여 있다. 옷을 갈아입으러 들어가면 그 앞 타임에 수영하고 나온 아주머니들이 바닥에 삼삼오오 모여 앉아 있는 것을 종종 보게 된다. 집에서 가져온 빵이나 밀폐 용기에 담긴 과일들이 펼쳐지고, 아주머니 중 한 명이 큰 보온병을 꺼내 일회용 종이컵에 커피를 따른다. 순식간에 카페가 되는 거다. 옆에는 옷을 갈아입고 있는 알몸의 회원들이 있지만 그분들은 전혀 개의치 않는다.

항상 같은 시간에, 같은 자리에서 벌어지는 사교 모임. 한 그룹은 탈의실, 또 다른 그룹은 수영장 관람석, 앉을 수 있는 자리라면 어디에서나 이러한 커피 타임을 볼 수 있다. 수영장을 처음 방문한 사람들에게는 생소한 풍경이다.

또 하나의 신기한 풍경은 탈의실에서 발견한 드라이기의 신(新) 용도다. 보통 탈의실 라커룸 옆에 파우더룸이 붙어 있는데, 여기엔 여느 목욕탕처럼 드라이기와 선풍기, 면봉 등이 가지런히 놓여 있다. 여자탈의실에는 드라이기의 개수가 사용자에 비해 부족하고 사용 시간도 길어서 출근 시간에는 드라이기 쟁탈전이 벌어지곤 한다. 여하튼 나는 수영장을 처음 방문하는 사람들에게 이 드라이기로 머리만 말린다고 생각하면 오산이라고 일러주고 싶다. 일단 머리를 말리는 건 맞는데, 그보단 온몸을 말린다고 해야 할 것이다. 겨드랑이도 말리고 발바닥도 말리고, 심지어 사타구니를 말리는 사람도 있다. 으악! 공용으로 사용하는 물건인데. 그 광경을 처음 봤을 때는 정말이지 끔찍했다. 다른 사람들도 나와 같은 생각을 했는지 수영장에 민원을 넣는 사람이 많았고, 그 때문에 어떤 수영장에선 몸을 말릴 수 있는 바디용 드라이기가 따로 마련되기도 했다. 그래도 께름칙하다면 개인 드라이기를 갖고 다니는 것을 권장한다.

그뿐일까. 샤워실에서 스트레칭한답시고 알몸으로 다리를 쭉 찢어 다른 사람을 기겁하게 하거나, 난데없이 때를 밀어달라는 분도 심심치 않게 만날 수 있다. 그래서 어느 날은 충격에 휩싸이기도 하고, 어느 날은 친구에게 내가 겪은 일을 들려주며 깔깔대기도 한다. 사람들은 인터넷 커뮤니티에 자기가 겪은 수영장 에피소드를 올리고, 우리 수영장에도 똑같은 사람이 있다며 공감한다. 이런저런 진풍경이 스트레스를 주기도 하지만, 다른 한편으론 수영장 다니는 재미를 제공하고 있는 것이다. 아주 다른 사람들이 매일 모여 다양한 이야기를 만들어내기

때문에 운동하러 가는 하루하루가 지겹지 않다. 누구든 3개월 이상 수영장에 다니면 꼭 한 번은 내가 겪은 일들을 경험할 거라고 장담한다.

눈치코치는 중요해

　나는 어느 장소를 방문하거나 무엇을 새롭게 시작하기 전에 꼭 먼저 해본 사람들의 후기를 살펴본다. 실수하고 싶지 않아서다. 그런데 그런 면에서 수영장은 처음 이용하는 사람에게 그리 친절한 곳은 아니다. 미리 알아보려고 해도 수영장에 가서 뭘 어떻게 해야 하는지 정보를 찾기가 쉽지 않다. 인터넷을 아무리 찾아봐도 안내데스크에서 키를 받고 들어가서 어떻게 해야 하는지 설명이 없었다. 또 수영장 안에서의 촬영은 거의 금지되어 있다 보니 사람들이 풀장 어디에 주로 서 있다거나, 어디서 수영을 한다거나 따위를 짐작할 수 있는 이미지 자료도 찾아볼 수 없었다.

결국 수영장에 처음 오는 사람은 다른 사람들이 어떻게 하는지 보고 눈치껏 따라 할 수밖에 없다. 그래서 잦은 실수가 생기기 마련인데, 이를테면 순서 같은 거다. 탈의실에서 수영복으로 갈아입은 다음 샤워실에 가서 씻는 건지, 샤워실에서 샤워를 마친 후에 수영복을 입는 건지, 처음엔 아주 사소한 것들까지 고민하게 된다.

나도 수영장에 오랜만에 갔을 때 왠지 모를 부끄러움에 (공중목욕탕에서는 잘도 벗으면서) 집에서 수영복을 미리 입고 간 적이 있다. 그때 옆에 있던 아주머니가 샤워 후에 수영복을 입어야 한다고 알려주시긴 했지만, 부끄러움을 이기는 데는 꽤나 용기가 필요했다.

지금 생각해보면 욕을 먹지 않은 것만 해도 다행이었다. 어떤 사람들은 탈의실에서 수영복 차림인 사람을 보면 날을 세우며 매너 없는 사람 취급을 해버리기도 하니까. 그들에게는 당연하겠지만 처음 온 사람은 알게 뭐람.

삶에는 누구도 가르쳐주지 않는 암묵적인 룰이 존재한

다. 수영도 마찬가지다. 하지만 누가 알려준다면 좀 더 쉽게 접근할 수 있지 않을까.

또 다른 흔한 실수는 수영하면서 일어나는 것들인데, 대표적인 게 레인 가운데에 서 있는 것이다. 보통 레인 가운데는 턴(Turn)하는 자리라서 잠시 쉬려는 사람들은 가장자리인 레인 줄 쪽으로 바짝 붙어야 한다. 그런데 자유수영을 주로 하거나 수영을 한 지 얼마 안 된 사람들이 종종 레인 한가운데에 서 있다가 턴하는 사람들을 의도치 않게 방해하는 경우가 있다. 사실 이런 것도 누가 말해주지 않아 벌어지는 일들이다. 하필 부딪힌 사람이 성격 고약한 사람이라면 수영하다 말고 멈춰서 다짜고짜 중앙을 비워놓지 않는다며 화를 낼 수도 있으니까 주의해야 한다.

보통, 레인에서 수영하는 사람들의 속도를 풀 밖에서 대충 가늠한 후 자신의 수준에 맞는 레인으로 들어간다. 그런데 가끔 뒤따라오는 사람의 속도가 너무 빠르거나 앞에서 가는 사람의 속도가 너무 느려서 뒷사람의 손과 앞사람의 발이 닿게 되는 경우가 있다. 그럴 때 뒤에서 발을 최대한 적게 차면서 속도 조절을 하는 사람이 있는 반면, 그렇지 않은 사람도 있다.

　뭐든 적당한 거리 유지는 중요하다. 의도하지 않았어도 뒷사람 손이 앞사람의 발에 닿는 순간, 아마 앞사람은 빨리 가라고 뒷사람에게 독촉을 받는 기분이지 않을까? 그래서 종종 수영하다 말고 일어서서 발을 치지 말라며 불쾌한 티를 내는 이들도 있다. 단체 강습 때도 이런 일로 마찰이 일어나는 걸 본 적이 있어서 나는 최대한 닿지 않으려고 조심하는 편이다. 서로 불쾌하지 않고 즐겁게 수영하기 위해선 적당한 배려와 조심성, 약간의 눈치가 필요하다. 뭐, 나도 배영을 할 때는 도저히 앞을 볼 수 없어 앞에 가는 아저씨 다리에 올라타기도 했지만.

각자만의 입수 버릇

나는 풀에 걸터앉아서 사람들을 구경하는 시간이 좋다. 특히 입수하는 사람들을 관찰하곤 하는데 각자의 개성만큼이나 입수 모습도 다양하다.

먼저 입수 스타일을 살펴보면, 정석은 풀 사이드에 걸쳐 있는 사다리를 통해 입수하는 것이지만, 물속에서 걷기를 하러 오신 초보분들이 아니라면 이렇게 들어가는 사람이 드물다. 나올 때는 사다리를 통해서 올라오는 사람이 꽤 있지만 말이다.

나는 일단 엉덩이로 풀에 걸터앉은 후 조심스럽게 들

어간다. 밖으로 나올 때도 같은 방법으로 나오는 것이 안정적이긴 한데, 그렇게 하면 수영복에 마찰이 생겨서 엉덩이 쪽이 금세 늘어나버린다. 눈에 띄는 단점이다. 다른 부분은 멀쩡한데 엉덩이만 축 늘어나 있는 수영복을 입고 다니는 건 생각만 해도 끔찍하다. 그래서 멍이 드는 걸 감수하면서 무릎으로 한 번 바닥을 짚고 나오고, 들어 갈 때는 엉덩이부터 들어간다.

나는 추위를 많이 타는 편이라서, 입수 전 일단 앉아서 발장구부터 친다. "아, 춥다. 너무 추워!" 중얼거리면서 몸을 물 온도에 적응시키는 시간을 갖는다. 그다음 물속으로 쏙 들어가서, 수영장 벽을 잡고 발차기를 하거나 얼른 킥판을 잡고 한 바퀴를 돈다. 그러고 나면 언제 그랬냐는 듯 추위도 사라진다. 강습이 끝나갈 무렵에는 '왜 이렇게 덥지?'라는 느낌이 들 때도 많다.

그런데 수영 좀 한다는 사람들을 보면 위에서 언급한 두 경우와 같이 소심(?)하게 들어가지는 않는다. 어디선가 '푸아악-' 하는 소리가 들리고 그 주변에 있던 사람들이 난데없는 물벼락을 맞는 장면이 펼쳐진다. 바로 수영 고수의 입수 풍경이다. 가만 보면 차렷 자세로 점프해서 일직선으로 '풍덩' 하고 들어간다. 배영 경기 중계에서 본 선수들의 입수 방법과 동일하다(배영은 물속에서 출발하므로).

어차피 물은 차가울 테니 단번에 체온을 적응시키려고 하는 건가? 아니면 그냥 멋져 보이려고(실제로도 좀 멋져 보인다)? 잘 모르겠지만 고수들의 입수 방식에는 나름의 이유가 있지 않을까. 한번은 나도 평소처럼 찔끔찔끔 물속으로 들어가지 않고 고수들의 방법을 시도해봤는데, 수영장 깊이가 가늠이 안 돼서 하마터면 발목이 꺾일 뻔했다.

이보다 더 과감한 사람들도 있다. 수영장 벽에 '수심 1.2m, 다이빙 금지'라는 경고문이 붙어 있는 곳이 있다. 실제로 강습 시간 외에는 다이빙이 금지되어 있는데, 다이빙하다가 수영 중인 사람과 충돌해 다칠 수 있기 때문이다. 하지만 어느 수영장에나 첫 입수를 다이빙으로 하는 사람은 있기 마련이다. 내가 다닌 수영장에선 강사들이 그랬고, 물밥 좀 먹었다는 연수반 아저씨들이 그랬다. 특히, 강사들이 현란한 다이빙 입수로 수업 시작을 알릴 때면 회원들은 아이돌을 본 소녀들처럼 물개박수를 치곤 했다.

어쨌든 주변에 다이빙하려는 사람이 있다면 안전을 위해 약간 거리를 두는 게 좋다. 깔끔하게 입수하면야 물을 뒤집어쓰지 않겠지만 보통은 '첨벙-' 하며 엄청난 물벼락을 일으키니까.

엉덩이로 들어가서 무릎으로 나오는 나는 소망이 하나 있다. 언젠가 한 남자 회원이 물속에서 낮게 점프하면서 무릎이 아닌 발바닥으로 짚고 나오는 걸 본 적이 있는데, 그게 그렇게 멋있어 보였다. 그런데 아무리 해도 나는 안되더라. 아마도 배의 힘이 모자라든가, 팔 힘이 부족한 것 같다.

내가 들어가고 나가는 걸 누가 본다고 그리 신경 쓰나고 할 수 있지만, 이왕이면 입수든 뭐든 멋있고 폼 나게

하고 싶다. 만족할 만한 입수와 출수 루틴을 찾을 때까지
노력해야지.

먼저 가세요

"먼저 가세요!"

'먼저 가세요?'

흔하게 듣는 말인데, 수영 수업 중반부를 넘어가면 내가 가장 많이 하게 되는 말이다. 몇 바퀴를 돈 후라 체력이 바닥날 대로 바닥났는데 강사가 내가 잘 못하는 영법을 시키거나 혹은 전속력으로 나가길 요구할 때, 도저히 그 속도를 맞출 수가 없다. 그러면 레인의 한구석으로 붙어서 수경을 벗어 올리고 뒤에 있는 사람에게 "먼저 가세요~" 라고 말하는 것이다. 나는 힘들어서 못 하겠으니 한 바퀴

쉬거나 뒤에서 가겠다는 의미다. 그럼 눈치껏 뒤에 있던
사람들이 먼저 가고, 그동안 나는 쉴 수 있다.

가끔 어떤 사람들은 자신이 꼭 앞장서야 직성이 풀리
는 모양이다. 내가 더 빨라서 앞서는 것이 맞는데 비켜주
지 않는다면 저 말이 나오도록 유도해야 한다. 보통은 앞

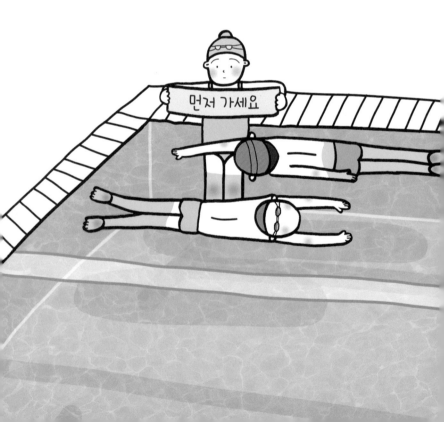

사람이 레인 끝에 도달해서 뒤를 돌아볼 때 뒷사람이 바짝 쫓아온 걸 인식하게 되면 먼저 가라는 눈짓을 해준다. 그런데 끝까지 양보해주지 않으면 뒷사람이 쫓아오다 못해 앞사람의 발바닥을 치게 되는 경우도 있으니 이럴 땐 기분 상하지 않도록 조심해야 한다.

"먼저 가세요"는 자유수영 때도 암묵적인 룰이다. 당연히 통한다. 자유수영은 레인이 수준별로 나누어져 있지만, 말 그대로 본인의 속도와 상관없이 자유롭게 수영하는 사람들도 있다. 그리고 같은 반이 아닌 이상 처음 보는 사람의 속도를 한 번에 파악하긴 힘들다. 이럴 때 뒷사람을 앞으로 보내고 싶다면 일단 수경을 벗으면 된다. 수경을 벗고 레인의 한쪽 구석으로 가서 서 있으면 '나는 힘드니 먼저 가세요'라는 뜻이다.

먼저 가라는 말을 할 필요도 없다. 내 행동에 뒷사람은 나를 한 번 힐끔 보고 먼저 출발해줄 것이다. 반면에 누군가 수경을 계속 쓰고 레인의 가운데에 서 있다면 '나 곧 출발해요'라는 뜻이니 눈치껏 움직여야 한다.

자유수영은 모두가 강습 없이 혼자 운동하는 시간이다 보니 적당히 서로 배려하면서 레인을 이용하는 것이 중요하다. 그래서 가운데를 비우거나, 먼저 가라는 제스처 등의 보이지 않는 규칙들이 생겨났다. 그런데 수영장을 이용한 지 얼마 되지 않은 사람들은 당연히 모를 수 있고, 나도 신입 시절 우왕좌왕했던 기억이 난다. 이럴 때 오랫동안 수영장을 이용해온 수영선배(?)들이 친절하게 먼저 규칙을 가르쳐주면 더 화기애애한 수영장이 되지 않을까, 그런 생각을 조심스레 해본다.

패셔니스타

출근길에 나는 종종 휴대폰으로 수영 카페의 인기 게시물을 체크한다. 그곳은 수영복을 해외직구로 구입하기도 하고, 신상 수영복을 자랑하기도 하고, 착용 샷을 올리기도 하는, 그야말로 수영복에 즐겁게 빠져든 사람들이 모인 곳이다. 덕분에 새 시즌 수영복 디자인은 어떤 게 있는지, 실제로 입어보면 어떤지 바로바로 확인이 가능하다.

처음 다시 수영을 시작할 때는 남색 수영복에 검은색모자를 샀다. '수영장에서 튀면 안 돼. 조용히 다녀야지' 하는 마음이 가장 컸으니까. 하지만 아침마다 보게 되는 화려한 수영복들은 숨겨진 나의 물욕을 자극했고, 지금의 나는 검은색은 아예 쳐다보지도 않는다.

사실 평상복을 입을 때는 모던함을 추구하는 편이라, 수영복의 화려함을 '멋짐'으로 받아들이는 데 꽤 오랜 시간이 걸렸다. 이제는 뭔가 연수반의 고수들을 볼 때면 어깨끈도 얇고 형광에다 글리터(반짝이)로 빛나는 수영복을 입고 있어서 그런가, 눈에 띄고 걸음걸이도 엄청 당당해 보인다.

수영장이 크면 클수록(50m 레인이 있는 수영장일수록) 화려한 수영복을 입은 패셔니스타들을 자주 볼 수 있다. 예를 들어 우리 반은 월요일부터 금요일까지 매일 강습이 있는데, 요일마다 수영복이 바뀌는 언니(?)가 있다. 국내에선 찾아볼 수 없는 독특한 패턴의 수영복을 입고 올 때도 있고, 신상 수영복이 나오면 다음 날 바로 입고 와서 놀라울 때가 많았다.

운동할 때 입는 옷인데 매일 다른 걸로 갈아입을 필요가 있을까? 단순하게 생각했던 나도 요즘은 하나둘 수영복을 집에 구비해놓고 번갈아 가며 입고 있다.

　새로운 계절을 맞이해 쇼핑을 하면 그 옷을 입을 생각에 들뜨듯이, 새로 장만한 수영복 역시 빨리 갈아입고 운동하고 싶어지는 묘한 의욕을 불러일으킨다. 새 옷으로 초심 자극하기. 이런 게 시너지 효과일까? 게다가 수영복은 육지옷(?)처럼 아주 비싸지도 않아서, 작은 소비로 기

분 전환하는 데 딱이다.

그런데 수영복은 패션일까 아닐까. 이에 관한 논란이 가끔 일어나는 것 같다. 화려한 수영복파와 수수한 수영복파가 갈려서 종종 서로를 좋지 않게 이야기하는 것을 볼 수 있으니까 말이다. 뒷말이 많이 도는 수영장의 특성이기도 한데, 어떤 사람이 눈에 띄게 화려하거나 타이트한 수영복을 입고 나타나면 여사님들의 핀잔 아닌 핀잔이 쏟아지기도 한다.

요즘은 남이 어떤 옷차림이든 뭐라 하지 않는 시대인데, 새삼 수영복에 왜 그런 엄격한 잣대를 들이대는지 잘 모르겠다. 종종 인터넷 카페에도 안 좋은 말을 듣고 하소연하는 사람들의 게시물이 올라온다. 물에 들어가면 잘 보이지도 않는 수영복인데 말이다.

나는 우리 수영장에 패셔니스타가 없다면 무척 아쉬울 것 같다. 그들은 존재만으로도 주위를 환기하는 묘한 활력이 있다. 나처럼 흥미 있게 지켜보며 맘속으로 응원하는 사람도 있으니 앞으로도 쭉 눈치 보지 않고 입고 나와

주었으면 하는 바람이다.

　수영장에서는 회원들끼리 이름을 잘 모르다 보니 수영복 차림으로 인물을 특징짓기도 한다. 김 서린 아저씨(수경의 안티포그가 벗겨져서), 오리 여사님(귀여운 오리가 프린트된 노란 수모를 쓰셔서), 땡땡이 회원님(수영복의 도트 프린트 때문에) 등등. 만약 자주 수영복을 갈아입는 스타일이라면, 자신도 모르는 사이 수영장 패셔니스타로 자리매김해 이미 어떤 별명으로 불리고 있을지도 모를 일이다.

~~~~~~~~~~~~~~~~~~~~~~~~~~~~ (4장) **오늘도 수영하러 갑니다** ~~~~~~

매일 해도 매일 생각나

내게 '수영' 하면 가장 먼저 떠오르는 단어는 '마약'이다. 이 자극적인 단어가 떠오르는 건 매일매일 하고 싶어지는 중독성 때문이다.

어떤 습관이 몸에 배게 하려면 적어도 3개월이 걸린다고 한다. 100일 정도는 의식적으로 그 행위를 하려고 노력해야 몸이 자연스레 그것에 적응하고 익숙해진다는 얘기다. 수영도 그렇다. 어떻게 보면 '씻고 들어가서 씻고 나오는' 과정이 헬스나 여타 운동보다는 좀 번거롭다고 느낄 수 있다. 나도 처음엔 수영을 매일 공중목욕탕에 가서 목욕하는 것과 비슷하게 여겼다. 혼자 집에서 씻을 때와 다르게 줄을 서서 기다려야 하기도 하고.

3개월 정도는 제시간에 눈을 뜨는 것조차 버거웠다. 그때는 그나마 자유로운 백수였기 때문에 '할 일도 없는데 운동이나 가자' 생각하고 꾸역꾸역 다녔는지도 모른다. 그런데 몇 개월 동안 수영장에서 샤워로 아침을 시작하고 나니, 씻고 나온 후 자전거를 타고 맞는 아침 바람이 그렇게 상쾌하게 느껴질 수 없었다. 습관적으로 일어나서 운동한 후 샤워하고 집으로 돌아오는 루틴이 만들어진 것이다.

안다. 씻고 상쾌한 기분이 든다는 것만으로 중독이라는 표현을 쓰는 건 좀 '오버'다. 수영의 진짜 중독적인 면은 바로 '실력이 좀처럼 늘지 않는다는 것'이다.

물에서 헤엄치는 건 상당히 많은 체력 소모를 불러오기 때문에, 보통 사람은 한 시간에서 한 시간 반 정도의 운동량이 적당하다. 그런데 잘 안 되는 자세를 아무리 고치려 해도 내 몸을 비출 수 있는 것이라곤 수면뿐인 수영장에서 스스로 자세 교정을 하기란 쉽지 않다(운동신경이 좋은 사람이라면 또 모를까). 해결 방법은 매일 가서 안 되는 자세를 연습하고, 또 집에 와서 유튜브 동영상을 찾아 따라 하는 것이 전부다. 그러다 보면 오후에 수영장으로 다시 돌아가서 연습해보고 싶은 충동까지 든다. 물론 근성이 있어야 가능한 일이다. 이쯤 되면 중독 초기까지 온 것이다. 잘 늘지 않는 수영 실력이 오히려 자극이 돼 수영에 더 집착하게 하고, 참새가 방앗간 찾듯 수영장을 들락거리게 만든다.

또 다른 수영의 매력은 확실하게 스트레스를 해소해준다는 점이다. 회사에서 스트레스 받은 날, 물을 가르는 내 팔다리는 좀 더 과격하고 세차게 흔들린다. 그렇게 물속에서 아등바등 나부대다 보면 한 시간 뒤엔 전신의 에너지가 쏙 빠져나간다. 운동이 끝나고 뜨뜻한 물줄기를 등으로 맞으며 내가 좋아하는 꽃향기 바디클렌저로 몸을 씻고, 새로 산 로션을 몸 구석구석 바른다. 집에 돌아와서 폭발하는 식욕을 맛있는 저녁으로 달래고 나면 그다음엔 잠이 솔솔 몰려온다. 노곤한 몸에서 오늘의 기분 나쁜 일

들은 언제 그랬냐는 듯 휙- 날아가버린다.

나는 이 기분이 너무 좋아서 매일 수영을 했다. 내일 또 피로와 스트레스가 쌓이더라도, 내일 또 수영장에 가면 다 잊히니까. 하루의 짐을 그날에 다 털어버리고 가뿐해진 몸과 마음을 만끽하는 그 순간이 너무 좋다. 이것이 내가 수영의 중독에서 빠져나올 수 없는 이유다.

명절이 싫어졌다

명절. 그러니까 긴 연휴는 방학이 없는 직장인들에겐 최고의 선물이다. 징검다리 연휴라면 요즘은 그 사이사이의 날을 공동 연차로 쉬게 해주는 회사들도 있으니까 명절은 어찌 되었든 좋은 것임이 틀림없다.

하지만 달리 말하면 수영장에서 근무하는 직장인들에게도 그날은 휴일이다. 수영장도 휴업한다는 뜻이다. 아니, 모처럼 쉬는 날이어서 양껏 수영 좀 해보려고 했더니 수영장이 문을 닫는다고? 수영 중독자인 내겐 너무나 유감스러운 일이다.

그런데 나만 그런 게 아니다. 보통 명절이 오기 전에 강사님이 수영장 휴일을 공지해준다. 여기저기서 터져 나오는 아쉬움의 한숨들.

'아, 내일은 수영할 수 없다니!!'

모두 내 마음과 같으리라. 수영에 중독되어 물속에 하루 한 번 몸을 담그지 않으면 참을 수가 없는 지경이 된 거다.

특히 설이나 추석 같은 민족 대명절에는 기존 물을 완전히 빼고, 새 물을 받아 채우는 수영장이 꽤 있다. 이렇게 되면 작은 수영장(25m 레인 규모)은 일주일 정도를 쉬게 되지만, 큰 수영장(50m 레인 규모)은 추석이 있는 달을 통째로 쉬어버린다. 그야말로 대참사다. 바닥 타일 교체, 수조 및 정화조 청소 등 많은 사유가 있고, 실제로 그렇게 관리하는 날이 있어야 수영장을 더 깨끗하게 쓸 수 있으니 백번 이해한다. 하지만 마음은 이런 낭패가 없다.

"명절에 운영하는 수영장 리스트"

"설날에 수영장 여나요?"

"저희 수영장 한 달 쉰대요, 흑흑"

명절을 앞두고 커뮤니티에 올라오는 글들이다. 수영인들의 명절 최대 이슈는 '수영장 문 여나 안 여나'인가 보다. 고대하던 명절이 와서 행복하긴 한데 수영을 할 수 없으니, 그야말로 아이러니다.

별수 없다. 긴 연휴 동안 먹고 마시며 잠자고 푹 쉬면서 수영장이 다시 열기만을 손꼽아 기다리는 수밖에. 그래서인지 연휴 직후의 월요일은 출석률이 아주 높고, 강사님도 그걸 아는지 연휴 때 찐 살을 한 시간 만에 빼줄 것처럼 강도 높게 수업을 진행한다.

그래서 수영인에게 명절이란 좋기도 하지만 싫기도 한, 동전의 양면과도 같은 날이다.

함께 해서 더 좋은

내가 수영을 좋아하게 된 이유는 간단하다. '혼자 하는 운동'이기 때문이다. 혼밥(혼자 밥 먹기), 혼영(혼자 영화 보기), 혼술(혼자 술 먹기) 등 예전에는 혼자 하면 어색했던 일들이 요즘은 괜찮아졌다. 이십 대에서 삼십 대가 되면서, 그만큼 성숙해지고 두려움이 줄어든 걸까. 아니면 '혼자'여도 괜찮은 사회가 되었기 때문일까.

학창 시절처럼 친구들과 한동네에서 같은 수업을 듣고 방과 후에 같이 놀러 다니는 일은 이제 불가능하다. 또 대부분의 직장인은 퇴근 후 누군가와 함께 시간을 맞춰

취미생활을 같이 하기가 쉽지 않다. 그래서 '함께 즐기기'를 포기하고 '나라도 즐기기'를 선택하게 된다.

운동도 마찬가지다. 당연히 친구와 함께 다니면 추억도 쌓고 즐거움도 크겠지만 같은 회사, 같은 팀이 아닌 이상 야근, 회식, 출장 등 각자 다른 스케줄을 맞추는 건 거의 불가능에 가깝다. 그렇게 사회생활을 하고 나이 먹어가면서 우리는 혼자서 하는 즐거움에 익숙해질 수밖에 없는지도 모르겠다.

이삼십 대들은 수영장에 와 말없이 혼자서 가열 차게 운동만 하다가 간다. 사실 나도 처음엔 수업만 충실하게 들었지, 인사나 대화 같은 건 필요 없다고 생각했다. 내 운동만 열심히 하다 가면 그만이었다. 그런데 1년, 2년 시간이 지나면서 알게 됐다. 아무리 혼자 지내는 걸 좋아하는 사람이라도 계속해서 혼자를 유지하는 건 힘들다는 걸. 몸과 입이 간질간질해진다. 뭔가 만날 배우긴 하는데, 학교 수업처럼 지루하고 발전도 없는 것 같고. 다들 실력도 고만고만하고 맘 맞는 또래 친구도 없다.

그럴 때 눈을 돌리기 시작하는 게 동호회다. 동호회는 주로 인터넷 카페나 휴대폰 애플리케이션으로 검색한다. 요즘은 커뮤니티 앱이 활성화되어서 가입만 하면 수영장 레인을 임대해서 일주일에 한 번씩 연령대가 비슷한 사람들끼리 모여 수영도 할 수 있다.

그런데 지인의 동호회 경험담에 따르면, 수영 실력도 비슷해야 재밌는데 워낙 다양한 사람이 모이다 보니 속도가 제각각이라 운동은 안 되고 오히려 끝나고 회식에만 집중하는 경향이 있다고 한다. 특히 '여자 가입 환영', '남자 마감'이라고 적힌 모임들은 뭔가 수영 말고 다른 목적(?)이 있는 모임일 수 있으니 잘 알아보고 선택해야 한다.

그럼에도 일단 동호회에 들어가게 되면 좋은 점이 꽤 있다. 수영대회에 동호회 이름으로 참가 신청을 할 수 있는데, 약간의 비용을 내고 선수로 참여하거나 동호회에서 미리 확보한 관중석에 앉아 편하게 경기를 볼 수도 있다. 수영대회에서 상을 휩쓸어 가는 꽤나 유명한 수영 동호회들이 몇 있는데, 이들은 대회 시작 전 새벽부터 대회장에 와서 관람하기 좋은 자리를 맡아두기도 한다.

　이외에도 수영이라는 취미를 적극적으로 공유하는 모임이다 보니 실내수영 말고도 바다수영이나 스킨스쿠버, 라이프가드(인명구조요원) 자격증 등 물에 관련된 많은 정보를 주고받고, 함께 도전해보는 기회들이 생긴다. 좀 더 넓은 물에서 놀아볼 수 있는 찬스가 생기는 것이다. 그렇게 헤엄치는 모든 것에 중독되어간다.

마스터즈 수영대회

어떤 운동이든 하다 보면 무료하고 지겨운 시기가 찾아온다. 수영도 보통 영법을 배우는 시기인 1년 정도가 지나면 새로 배운다기보다는 자세를 교정하는 단계로 접어든다. 잘 알려주고 지적해주는 강사를 만난다면 하루에 하나씩 집중해서 자세를 고쳐나가는 재미가 있어 지루할 틈이 없다. 하지만 약 20명이 한 레인에서 부대끼며 단체 강습을 받다 보면 개인 지도를 받기란 쉽지 않다. 혼자 몇 바퀴 돌면서 스스로 바로잡거나, 그게 안 되면 마는 것이다.

이렇게 2, 3년을 다니다 보면 수영 실력이 더는 늘지 않는다는 생각이 들면서 슬슬 지겨워진다. 슬럼프가 찾아온 거다. 물론 사람마다 시기도 이유도 다르겠지만. 이 시기가 오면 동호회에 들어 수영 친구들을 늘리는 사람도 있고, 수영 관련 자격증에 도전하면서 다시금 성취감을 맛보는 사람도 있다. 수영대회도 정체된 수영 생활에 새롭게 활기를 불어넣는 좋은 방법의 하나다.

국내 동호인 수영대회는 '마스터즈 수영대회'라고 불린다. 시장배, 구청장배 등 주최가 다양한데 주로 시장배는 50m 규모의 큰 수영장에서, 구청장배는 25m 규모의 작은 수영장에서 열린다. 참가 자격은 해당 지역에 거주하거나 직장이 속해 있으면 되고 수영 경력 따위는 아무 상관이 없다. 경기는 주로 50m, 100m인데 완주한다면 시간은 얼마가 걸리든 괜찮다.

나도 처음 수영대회에 나갔을 때는 먼저 접수부터 하고 그다음에 초를 재봤던 것 같다. 대회이긴 하지만 소풍 가서 하는 게임이나 대학교 운동회 같은 느낌이라, 오히려 늦게 도착한 사람이 격려의 박수를 받곤 하는 착한(?)

대회이다.

보통은 동호회에 소속되어 대회에 나가는 편이 동호인끼리 서로 챙겨주기도 하고 정보를 빠르게 주고받을 수 있어 좋다. 하지만 나처럼 '인생은 혼자'라고 생각하는 사람이라면 부담 없이 개인 자격으로 출전하면 된다!

나의 경우는 일단 개인으로 신청한 뒤 혼자 참여하기 민망하니까 어렸을 때부터 뭘 하자고 하든 "예스!"로 화답했던 소꿉친구를 대회의 제물로 끌고 왔다.

"나랑 수영대회 한번 나가볼래?"

"그래!"

대회 당일 도착할 때까지 무슨 대회인지 아무것도 몰랐던 친구는(규모가 있는 시장배 대회였다) 결국 평영 50m 경기에서 첫 스트로크에 접영을 하는 실수를 저질렀다. 다행히 실격은 되지 않았는데(심판이 못 본 것 같다), 경기가 끝나고 둘이 수영장 한구석에서 그 이야기로 킬킬대던 기억이 난다.

수영인들 중에는 단거리 대회(50, 100m)가 아닌 장거리 대회(1.5km)에 나가는 사람도 있다. 장거리 대회는 한 레인에 여러 명이 동시에 출발하는데, 이때 엎치락뒤치락 서로를 추월하는 모습을 보면 또 다른 재미가 있다. 장거리는 완주하면 완주 메달을 받는데, 이 메달을 수집하기 위해 대회에 참가하는 수영인도 더러 있다. 장거리와 달리 단거리는 참가 메달 대신 수건이나 모자 같은 기념품을 주는 경우가 일반적이고, 3등 안에 들면 순위 메달을 준다.

대회에 반드시 상을 받기 위해 참가하는 건 아니지만, 열심히 해서 메달이라도 받는 날은 초등학교 시절 운동회에서 공책을 받았을 때처럼 신난다. 일상에서 소소한 성취감을 맛보면, 특히 내가 좋아하는 취미로 즐거움을 얻는다면 그만큼 힘이 되는 일은 없을 테니까.

수영 전도사

"이번 주말에 우리 뭐하죠?"

"수영할 줄 알아? 수영장 가자."

"아니, 저 수영할 줄 모르는데요……."

"그래도 일단 가보자. 금방 배울 수 있어!"

아는 동생과 주말에 만나기로 하고, 뭘 할지 이야기를 나눴다. 보통은 지인과 만날 약속을 잡고 나면 '뭘 먹으러 갈까?' '영화를 볼까?' '요즘 뜨는 동네는 어디지?' 같은 것들을 먼저 생각할 것이다. 그런데 나는 '어떻게 하면 수영을 전파할 수 있을지'를 가장 먼저 떠올린다.

앞서 이야기했듯 수영하는 사람들, 특히 젊은 층은 같이 운동하는 또래가 별로 없다. 그래서 틈만 나면 주변 사람들을 수영의 늪에 빠뜨리려고 노력한다. 나도 예외는 아니다. 수영에 대한 이야기를 마음껏 나누고 싶은데, 상대방이 수영을 잘 알지 못하면 내겐 아무리 재미있는 에피소드라도 상대에겐 지루하기만 할 뿐이다. 공감대 형성이 잘 안 되는 것이다. 비장의 수영장 에피소드를 아무리 늘어놓아도 이해가 안 되고 웃기지도 않는 모양이다. 뭐 수영뿐만이랴.

그래서 나는 친구들에게 '수영 전도사'로 통한다. 여행을 가도 수영장 있는 곳으로 가자고 하고, 수영에 흥미를 보이는 친구가 있으면 아무리 먼 수영장도 같이 가줄 수 있다고 하니까. 가끔 친구들이 수영이 뭐가 그렇게 좋으냐고 물어보면 답답한 마음에, "아, 해봐야 아는데~ 안 해보곤 그 매력을 알 수 없다고!" 하며 툴툴대곤 한다. 수영 친구를 만들고 싶은 간절한 마음이 나를 수영 전도사로 만들어버렸다.

친한 친구 중에 수영 친구가 있다면? 그건 상상만 해도 즐겁다. 여행 가서도 호텔 수영장에서 함께 신나게 놀 수 있고, 의기투합해서 해외 수영장 탐방도 할 수 있을 텐데. 그리고 그런 친구라면 활동적인 것도 좋아할 테니까 래프팅이나 제트스키, 다이빙 같은 수상 액티비티도 같이 도전해볼 수 있겠지.

혼자서도 나쁘지 않지만 둘이 하면 훨씬 재밌을 게 분명하다. 안타깝게도 아직은 내 주변에 그렇게까지 수영을 좋아하는 친구는 별로 없다. 하지만 수영을 널리 널리 전도하다 보면 언젠가 사는 곳도 가깝고, 여러 가지 도전해보는 걸 좋아하는 친구를 만나게 될 거라고 확신한다. 그리고 그 친구와 해외의 유명한 수영장에 가서 함께 첨벙첨벙 헤엄쳐보는 게 요즘 내 꿈이기도 하다.

수영인을 알아보는 방법

이쯤 되면 궁금해진다. 내 주변에 수영인이 있을까? 있다면 어떻게 알아볼까?

수영인을 알아보는 나만의 방법이 몇 가지 있는데, 가장 쉬운 건 차림새이다. 보통 한 손에는 오리발 가방, 다른 손에는 드라이백 또는 메쉬가방을 들고 있다. 간혹 목욕 바구니를 들고 다녀서 '목욕탕에 가나?' 착각하게 만드는 수영인도 있다. 신발은 보통 신고 벗기 좋은 슬리퍼인 경우가 많고, 복장은 여름엔 트레이닝복, 겨울엔 패딩이다. 출근하는 직장인이라면 언뜻 볼 때 단정한 복장이라도 오리발 가방 때문에 수영인임을 숨길 수 없다(단, 초보라면 오리발을 하지 않기 때문에 다른 요소를 찾아야 한다).

다른 방법은 얼굴이다. 얼굴? 얼굴로 어떻게 수영인임을 알아챌 수 있을까 생각하겠지만, 바로 얼굴에 난 눌린 자국. 수영을 갓 마친 수영인은 이마에 빨갛게 가로줄이 그어 있고 눈 주변에는 동그랗게 수경 자국이 있다. 고무 패킹이 달린 수경을 쓰는 수영인의 경우엔 더 선명한 자국이 남게 된다. 이 자국은 보통 한두 시간 정도 가기 때문에 출근해서 마주한 상사나 동료의 눈에 이런 자국이 있다면 새벽 수영을 하고 왔다고 짐작할 수 있다.

그리고 또 한 가지, 젖은 머리다. 보통 직장인들은 새벽 수영 후 급히 나오느라 머리를 다 말리지 못하는 경우가 많다. 몇몇 남자들은 아예 말리지 않고 그대로 나와 출근하기도 한다. 그러니 머리가 촉촉하게 젖어 있다면 수영인일 확률이 높다. 나만 해도 수영장 탈의실의 북새통에 도저히 머리를 말릴 수 없어서 젖은 채로 그냥 출근한 적이 셀 수 없이 많다.

그다음으로는 근무 중 점심시간이나 저녁 식사 시간을 넘겨서 들어오는 사람이다. 수영은 아무리 짧게 해도 수영 시간 50분에, 씻는 시간을 합하면 적어도 한 시간 반은 잡아야 하는 운동이다. 보통 식사 시간을 한 시간이라고 가정했을 때 직장에서 틈새를 활용해 수영하고 오는 사람들은 조금 일찍 나가거나 주어진 시간보다 조금 늦게 들어오는 걸 감수해야 한다는 뜻이다.

만약 상사 중에, 점심시간에 밥도 안 먹고 홀연히 사라졌다가 30분 정도 늦게, 머리가 젖은 채로 들어오는 이가 있다면 100퍼센트 수영을 하고 온 것이다.

내가 다니는 회사에도 숨겨진 수영피플(나는 이렇게 부른다)이 있다. 주의 깊게 봤더라면 그들이 외근이 아니라 수영장에 다녀왔다는 걸 금방 알았을 텐데, 처음에는 눈치채지 못했다.

나 말고도 회사에 수영인이 있다니! 사내 수영인의 존재를 처음 알았을 때는 괜히 혼자서 친밀감을 느끼며 설레기까지 했다. 사실, 그들의 눈 주위에 항상 동그란 수경 자국이 있다고 동료가 귀띔해주지 않았다면 계속 몰랐을 수도 있지만 말이다.

50m 수영장의 마력

어느 지역이든 일반 스포츠센터나 체육시설에 있는 수영장은 국제 규격에 맞게 설계되어 있다. 즉, 그런 곳들은 25m 레인이나 50m 레인을 갖춘 수영장이 있다는 말이다. 50m 수영장은 상당히 넓은 부지가 필요하기 때문에 서울에는 올림픽이나 큰 대회를 위해 지은 몇 개의 시설에만 있다. 그에 반해 신도시들은 넓은 땅에 계획적으로 신규 건물을 짓고 있어서 50m 규모의 큰 수영장도 많이 갖추고 있다.

보통 운동은 가까운 장소에서 하는 게 가장 중요하므

로(!) 집 근처의 작은 수영장에 등록하는 것이 일반적이지만, 수영에 빠져들기 시작하면 점점 50m 수영장에 다니고 싶은 충동이 생기기 마련이다.

일단 50m 수영장은 수심도 1.8m 정도로, 깊다. 그 말은 수영하다가 도중에 멈추기가 곤란하다는 뜻이다. 숨이 차서 멈추고 싶은 순간에 바닥을 딛고 일어서고 싶어도 그럴 수 없으니까 말이다. 그런데 수영 실력은 오히려 늘게 된다(!).

예를 들어 3개월 남짓 수영을 배워서 이제 막 자유형을 익혀 25m씩 끊어서 돌아야 하는 사람이 50m 레인에 간다고 치자. 처음에는 힘차게 벽을 발로 탕- 차면서 출발하지만, 35m쯤 지날 때면 호흡이 가빠지면서 한계에 부딪힐 것이다. 이때 바닥을 한 번 보게 되는데, 25m 레인과는 다른 깊이에 순간 고민이 생길 거다. 좀 더 헤엄쳐서 벽을 잡을 것인지, 아니면 민폐를 무릅쓰고 레인 줄에 매달려서 라이프가드에게 구출될 것인지. 아주 왕초보가 아니라면 전자를 선택하는 게 낫다.

포기하지 않고 50m를 끝까지 가고 나면 그다음에 50m

를 또 가는 것은 의외로 쉬워진다(친구의 경험담이기도 하다). 안 가본 길을 처음 갈 때는 두렵지만 몇 번 다니다 보면 익숙해지는 것과 똑같다. 어떻게 보면 이미 50m를 갈수 있는 실력이었는데 그야말로 심리적인 이유로 25m씩 끊어서 수영했던 것일 수 있다. 사람 심리라는 게 힘들고 체력이 바닥날 때 끝이 보이면 쉬고 싶은 마음이 생기고, 한 번 쉬면 더 쉬고 싶어지기 마련이니까.

또 수영대회를 준비하는 사람이라면, 스타트대가 설치된 수영장을 선호한다. 보통 25m 수영장은 수심이 얕기 때문에 너무 깊이 입수하지 않도록 낮은 스타트대가 설치되어 있거나 아예 없기도 하다. 반면 50m 수영장에는 국제 규격에 맞는 스타트대가 설치되어 있어서, 강습 때 스타트 연습을 충분히 할 수 있다. 수영 강습 때도 일주일에 한 번쯤은 수업에 스타트 연습이 포함되어 있으니 스타트대를 이용할 수 있는 수영장은 아주 귀한 셈이다.

나도 만날 25m 수영장에서만 뛰다 처음으로 50m 수영장의 스타트대에서 뛰어보던 날, 완전히 새로운 수영 세

계가 열린 것 같았던 기억이 난다.

오래전에 친구와 함께 강서구에 있는 50m 수영장에 간 적이 있다. 주말이었는데, 다음 달부터 그곳에서 함께 레슨을 받기로 하고 2층 관람석에서 수영장을 구경했다. 카메라가 한 화면에 다 담지 못할 정도로 널찍한 수영장에, 한편에는 체온을 조절할 수 있는 온탕이 있고 다른 한쪽에는 어린이 풀과 스타트대가 설치되어 있었다. 그 속에서 한가하게 자유수영을 하고 있는 사람들이 마치 지상낙원에서 유유자적하는 신선들처럼 보였다. 지금이야 나도 큰 수영장에 다니니까 더는 신기하지 않지만, 그날의 풍경은 우물 안 개구리가 처음 본 바깥세상처럼 신기하고 두근거리기까지 했다.

그 수영장에서 나는 1년여 동안 강습을 받았고, 수영 실력도 좋아졌다. 깊은 물에 적응하며 단련된 덕이다. 규모가 큰 수영장에서는 일반 수영 강습 말고도 인명구조요원 강습이나 체육 교사 임용시험, 수영대회 같은 볼거리도 많아서 다니는 동안 재미가 쏠쏠했다.

그 이후로 나는 웬만하면 거리가 멀어도 50m 수영장을 고집하게 되었다. 분명 처음에는 쉽지 않았지만 운동을 시작할 때의 마음가짐을 되새기는 좋은 계기가 되었다. 수영 실력이 좋아진 건 말할 것도 없고.

~~~~~~~~~~~~~~~~~~~~~~~~~~~ ⑤장 **수영 강사는 아닙니다만** ~~~

자유형(Freestyle)

발차기 ≋　발차기는 너무 무릎을 굽혀서 차지 않는 것이 좋다. 그렇다고 나무젓가락처럼 허벅지에서 발끝까지 쫙 편 채로 차면 25m도 못 가 쥐가 나서 레인을 붙들고 라이프가드가 던져주는 부표에 의지하게 될 것이다.

허벅지에 힘을 주고 무릎 아래는 힘을 뺀 채로 살랑살랑 차보자. 엄지발가락이 붙을 듯 말 듯 발 안쪽으로 모아주고, 무릎은 꼭 붙이지 않아도 된다. 무릎을 굽혀서 무릎 아래로만 차는 잔망스러운 발차기만 하지 않는다면 어느 정도의 속도는 난다.

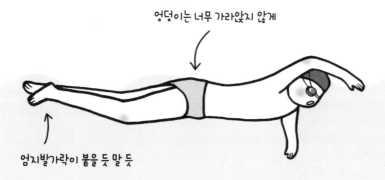

엉덩이는 너무 가라앉지 않게

엄지발가락이 붙을 듯 말 듯

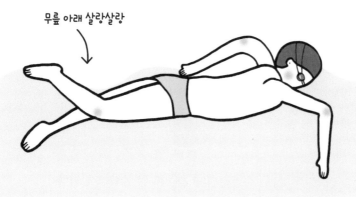

무릎 아래 살랑살랑

시선은 45도 아래로

호흡 〜〜〜 보통은 왼팔을 머리 위로, 오른팔은 아래로 저은 후 슈퍼맨 자세가 되었을 때 입만 물 밖에 나오는 정도로 고개를 돌려서 숨을 들이쉰다. 이때 숨을 쉬고 싶은 마음에 고개를 들면 목에 힘이 들어가면서 가라앉게 된다. 머리를 물에 담그고 입만 위로 향하게 하는 것이 한결 힘이 덜 든다.

머리 〜〜〜 머리는 바닥을 보라는 사람도 있고, 45도 각도로 앞을 보고 눈을 치켜뜨라는 사람도 있다. 너무 앞만 보느라 얼굴로 물을 다 막아내면서 가지만 않으면 어떤 방법도 괜찮다. 그런데 물 밖에서 보면 약간 앞을 보고 하는 사람이 더 멋있어 보이는 건 왜인지 모르겠다.

팔과 어깨 〜〜〜 손가락은 딱 붙이지 않고 약간 벌린다. 너무 딱 붙이면 팔을 앞으로 뻗어 물을 당겨올 때 저항이 세서 금방 피로해진다. 손바닥보다는 팔의 안쪽 넓은 면으로 물을 당겨와서(Pull) 뒤로 밀어낸다(Push). 마지막으로, 팔을 앞으로 뻗을 때 최대한 어깨도 같이 밀어서 한

팔을 몸 앞으로 당겨와서

밀어낸다

번에 앞으로 나가는 거리를 늘린다. 이렇게 하면 어깨도 앞으로 나가면서 몸이 살짝 돌아가는 것을 느낄 수 있다.

　더 속도를 내고 싶다면 리듬을 맞추면 된다. '2비트 킥', '4비트 킥', '6비트 킥'이 있지만 익숙하지 않다면 본인만의 리듬을 찾아도 상관없다. 그렇지만 우리가 오래달리기를 할 때 일정한 속도와 호흡을 유지하듯, 수영 역시 일정한 리듬이 있을 때 그냥 막무가내로 팔과 발을 돌릴 때보다 빠르게 나아간다. 그래서 힘과 체력이 강한 사람이라고 해서 무조건 약한 사람보다 수영을 잘한다는 보장이 없다. 이 점이 다른 운동과 수영의 가장 큰 차이점이다. 힘을 쓸 때 쓰고, 뺄 때 빼는 강약조절이 필요하다.

배영(Backstroke)

스타트 〰〰〰 배영은 유일하게 물에 들어간 상태에서 스타트한다. 스타트대에는 양손으로 잡을 수 있는 두 개의 봉이 달려 있는데, 이게 배영 스타트를 위한 지지대다.

벽에 양 발바닥을 대고 웅크린 상태로 두 개의 봉을 잡고 있다가, 신호가 울리면 백 텀블링을 하듯 뒤로 포물선을 그리며 입수한다. 수면 아래에서 누운 상태로 돌핀 킥(접영 발차기)을 하여 수면 위로 올라온 다음 배영 첫 스트로크를 시작한다. 물속에서 수영장 천장을 바라본 상태로 헤엄치게 되므로 지속해서 코로 공기를 내뿜어야 코에 물이 흡입되는 것을 막을 수 있다.

봉을 잡고 신호를 기다린다

벽을 차면서 백 텀블링!

등으로 포물선을 그리며 입수

입수 후엔 돌핀 킥

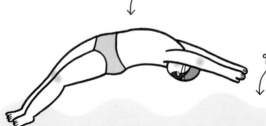

발차기 ≈≈≈ 발등으로 물을 차올린다. 자유형의 반대라고 생각하면 쉽다. 다만 허리를 거의 수면 가까이에 의식적으로 띄워 놓고 발차기를 해야 하고, 시선은 수영장 천장을 보면서 일직선으로 가고 있는지 체크해야 한다. 다른 영법과 달리 좌우로 이리저리 몸이 움직이기 쉬우니 주의해야 한다. 무릎은 수면 밖으로 나오지 않게 하고 다리 전체보다 발끝에서 물거품이 크게 생성되도록 찬다. 두 발은 최대한 붙이고 발등으로 찰 때는 공을 차듯이 툭툭 찬다.

팔과 어깨 ≈≈≈ 팔은 양팔을 번갈아 가며 풍차 돌리듯 돌린다. 물 밖에서는 팔을 쫙 펴고, 물속에서는 자유형과 같이 팔꿈치를 꺾는다. 쉽게 얘기하면 물속에서 팔을 직각으로 만든 다음, 옆구리 쪽으로 장풍을 쏘듯 밀어준다. 이렇게 하면 팔의 힘으로 앞으로 나가는 느낌이 살짝 든다. 이 타이밍에 더 많은 거리를 나가고 싶으면 반대쪽 팔과 어깨도 활용하면 된다. 왼팔이 수면까지 돌아올 때 반대쪽 팔을 넘기면서 어깨도 같이 쑥 밀어준다. 이 동작을 잘하면 한 번의 팔 젓기로도 넘실거리는 파도처럼 빠르게 갈 수 있다.

머리 ≈≈≈ 완전히 누운 채 수영장 천장을 보기도 하고, 턱을 당겨 발끝 방향을 보기도 한다. 다만 이렇게 되면 엉덩이가 가라앉는 경우가 많으니 주의해야 한다. 가슴을 펴고 엉덩이는 띄운 채로 턱을 당겨보면 무지하게 불편한 자세라는 생각이 들 것이다. 게다가 가끔 자신이 일으킨 물살 때문에 머리가 잠겨 물을 먹기도 한다. 호흡 또한 코가 물 밖에 있긴 하지만 자유롭게 쉴 수 없어 리듬에 맞춰서 '음-파'를 해줘야 한다. 오른팔을 넘길 때 숨을 들이쉴지, 왼팔을 넘길 때 들이쉴지는 자유이지만 어느 것이든 본인의 방법을 정하면 좋다.

만약 규칙 없이 숨을 자유롭게 쉬고 싶을 때 쉬어버리면 배영의 스트로크와 호흡이 꼬이게 되면서 내 배영 자세는 저 멀리 돌아올 수 없는 우주로 가버릴 수도 있다.

발등으로 공을 차듯이

팔을 접어서 장풍!

턱은 당겨서 발끝을 보자

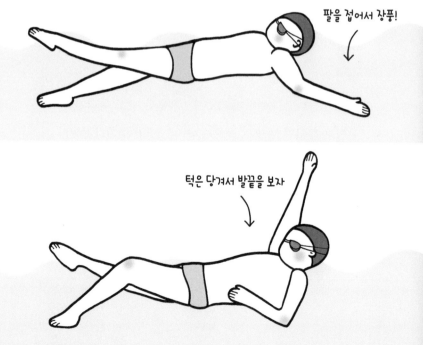

평영(Breaststroke)

평영은 개구리헤엄으로도 불린다. 팔과 다리를 모았다가 양옆으로 펼쳐내는 모양이 꼭 개구리처럼 보이기 때문이다. 다른 영법에 비해 숨쉬기가 쉽고, 천천히 헤엄친다면 체력 소모가 적기 때문에 속도를 올리는 것에 집착하지 않는다면 수월하게 해낼 수 있다. 단, 속도 올리기를 목적으로 하면 평영은 갑자기 어려운 영법이 된다. 아무리 발을 차도 제자리에 둥둥 떠 있거나, 손과 발을 열심히 휘젓는데도 도통 앞으로 나가지 않기 때문이다.

스타트 〰〰 평영 스타트는 다른 세 가지 영법과 조금

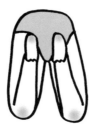

무릎을 배 쪽으로 당겨서

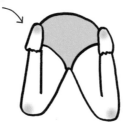

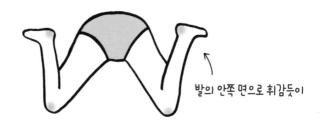

발의 안쪽 면으로 휘감듯이

찬다보다는 민다는 느낌

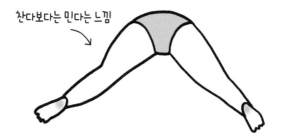

185

다르다. 한 번의 접영 킥과 한 번의 물 당기기, 그리고 한 번의 평영 킥이라는 세세한 규정이 있다. 스타트한 후 속도가 줄기 전에 접영 킥을 딱 한 번 차고, 팔을 양 허벅지 쪽으로 밀면서 차렷 자세를 만든다(마치 만화에서 인간 대포알을 쏘는 것과 비슷한 모습이다). 쭉 밀고 나가다가 속도가 줄기 시작하면 팔을 머리 위로 끌어 올려주면서 평영 킥을 한 번 차주고 수면 위로 나온다.

발차기 〰〰 발차기를 얼마나 잘하느냐가 평영 속도의 관건이다. 킥판을 잡고 엎드려 수면과 몸을 수평으로 만든 다음에, 무릎을 배 쪽으로 당기면서 접는다. 무릎은 너무 많이 벌어지지 않게 하고, 발의 안쪽 면으로 휘감듯이 찬다. 아니다, '찬다'기보다는 빠르게 '민다'는 말이 더 맞을 것 같다. 그냥 축구공 차듯 뻥 차면 골반과 허벅다리가 빠질 듯이 아프기만 하고 앞으로 나가지는 않는다. 발 안쪽 면에서 물살이 느껴지면 물이 뒤로 밀리면서 몸이 앞으로 나가 전진할 수 있게 된다.

밀고 난 후 마지막은 발을 쩍 벌리고 있지 말고 거의

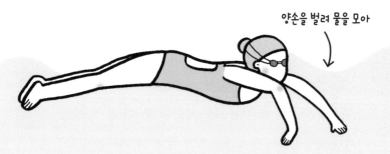
양손을 벌려 물을 모아

시선은 고정하기

그다음 다리 차고

손 먼저 뻗고

붙을 정도로 모아주어야 더 많은 거리를 나갈 수 있다.

팔과 어깨 ≋≋≋ 팔은 약간 바깥쪽으로 벌렸다가 양손으로 물을 모아 잡는다. 가슴 쪽으로 끌어다 줄 때 팔꿈치가 옆구리에서 많이 떨어지지 않게 최대한 붙이면서 상체를 들어 올린다. 팔을 옆구리에 잘 붙일 수 있다면 저절로 상체는 떠오르게 된다.

모아진 손을 수면 바로 밑의 위치에서 앞으로 찌른다. 이때 상체도 앞으로 같이 딸려 들어가듯이 확 밀어준다.

머리 ≋≋≋ 물속에서 나오기 전에 약간 머리를 들어서 수면을 바라보면 좀 더 수월하게 나올 수 있다. 손을 뻗고 물속으로 다시 들어갈 때 머리도 같이 까딱이지 않도록 주의한다. 시선을 손끝에 두면 머리를 고정할 수 있다. 평영에서 머리는 돌처럼 굳어 있어야 한다.

더 속도를 내고 싶다면 ≋≋≋ 손을 뻗는 동시에 발을 차버리면 물 위에 대(大) 자로 누운 소금쟁이 같은 자세가 되면서 앞으로 나가지 못한다. 수면에서 헛발질하게 되기도 하고 힘이 실리지 않는다. 약간 엇박자라고 생각하고 손을 뻗은 후에 킥을 찰 수 있도록 끊어서 연습해야 한다. 그러면 동시에 찰 때보다는 쭉 나가는 느낌을 받을 수 있다. 어떤 사람은 한 번에 쭉쭉 나가기도 하고, 어떤 사람은 아무리 차도 제자리인 경우를 볼 수 있는 영법이 평영이다.

접영(Butterfly)

웨이브 〰 접영을 배울 때 가장 많이 듣는 말이 "웨이브가 잘 돼야 한다"는 것이다. 그런데 몸을 꿀렁이는 것보다는 상체랑 하체의 무게 중심을 박자에 맞게 이동한다고 생각하는 편이 더 쉬울 것 같다.

내가 눌러서 힘을 준 만큼 상대방도 나에게 힘을 준다.

그런데 물속에서는 내가 눌러준 힘만큼 물이 나를 튕겨내는 것이 더 강하게 느껴진다. 이 힘을 받아서 웨이브를 계속 만들어가야 한다. 입수할 때는 상체(가슴이랑 어깨)를 아래로 밀고, 하체(엉덩이)는 최대한 위로 올린다. 물이 튕겨내기 시작하면 그 흐름을 타고 몸이 올라오는데, 이때 대각선 위를 향해서 나올 수 있도록 한다. 몸이 눌러줬던 힘을 타고 올라오는 걸 느끼기 시작했다면, 발을 살짝 차서 출수에 도움을 준다.

더 속도를 내고 싶다면 ≋≋ 접영에서 더 속도를 내는 방법은 역시 팔다리를 더 빨리 저어서 스트로크 수를 늘리는 것이다. 그런데 아무리 빨리 저어도 제자리에서 노를 젓는 듯한 영자들도 있다. 접영에서 속도는 그놈의 웨

돌아가면서 첫 번째 킥

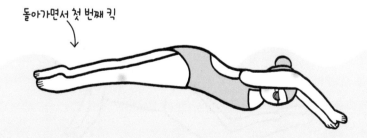

이브를 빠르게 만들 수 있느냐 없느냐, 혹은 한 번의 웨이브로 길게 탈 수 있느냐 없느냐가 관건인 것 같다. 키가 크다면 파장이 긴 웨이브를 만들어 한 번에 길게 가고, 단신이라면 작은 웨이브를 빠르게 만들어 물수제비처럼 수면을 스치듯이 가는 것도 방법이다.

호흡 ≈≈≈ 접영은 수면에 올라왔을 때 정면을 보며 호흡한다. 그런데 온몸과 양팔을 다 쓰기 때문에 지속해서 호흡하기는 정말 쉽지 않다. 평영은 팔로 확실히 올라오는 동작이 있는데, 접영은 몸의 움직임(웨이브)으로 올라와야 하므로 팔 동작 생각하랴, 발차기하랴, 웨이브까지 신경 쓰다 보면 마지막엔 호흡하는 걸 까먹게 된다. 하지만 숨을 쉬지 않으면 얼마 못 가서 체력이 심하게 고갈된

올라오면서 두 번째 킥을 준비

다. 호흡하러 나오기가 너무 힘들다면, 팔이 다 돌아가서 내 골반에 붙는 차렷 자세에 가까워질 때 출수 킥이 같이 끝날 수 있게 하자. 한마디로, 수면으로 나올 때 대포에서 쏘아 올린 인간 대포알 같은 자세를 취하는 것이다. 이 타이밍을 잘 맞추면 물 밖으로 고개가 쉽게 나오게 되어 호흡하기도 한결 쉬워진다.

발차기 ≋ 두 발을 모은 후 엉덩이 힘을 이용해서 내려 찬다. 물속으로 들어갈 때 한 번, 나올 때 한 번 이렇게 총 두 번을 차는데, 손과 발과 몸 움직임의 타이밍이 잘 맞아야 물 흐르듯이 헤엄칠 수 있다.

첫 번째 킥을 입수 킥이라 하며, 웨이브를 만들기 위해 물속으로 들어갈 때 차는 킥이다. 두 번째 킥은 출수 킥

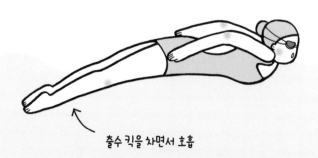

출수 킥을 차면서 호흡

이다. 웨이브가 끝나가서 물 밖으로 나오는 몸을 좀 더 쉽게 나올 수 있게 도와준다.

그런데 접영에서 발차기를 매번 세게 하면 정말 금방 지치게 된다. 기본적으로 웨이브를 이용해서 들어가고 나온다 생각하고, 발차기는 약간 도움을 주는 수준으로 생각하는 게 덜 지치는 방법이다. 계속 세게만 차면 50m의 끝에 가서는 온몸의 힘이 방전되어 더는 발을 움직일 수 없는 지경에 이른다.

'수영의 꽃'이라고 불리는 접영이지만 수영장에서 접영을 완벽하게 구사하는 사람은 거의 찾아보기 힘들다. 미묘한 차이로 타이밍이 맞지 않으면 무언가 어색한 자세가 돼서 수영인들이 흔히 말하는 '만세 접영'이 되기 때문이다. 그러나 맹연습해서 잘하게 되면 어느 수영장에 가든 사람들의 시선을 한 몸에 받을 수 있는 폼 나는 영법임에는 분명하다.

턴(Turn)

사이드 턴(Side Turn) ≋≋≋ 옆으로 회전하는 턴으로, 오픈 턴(Open Turn)이라고도 한다. 수영 경기에서는 접영과 평영에서 하는 턴 방법이다. 뒤에 소개할 플립 턴의 앞구르기가 익숙지 않다면 사이드 턴을 하는 것이 안정적이다.

자유형을 하다가 턴을 하게 될 경우, 뻗은 오른팔의 손바닥을 풀 벽에 대고 몸을 옆으로 틀어 턴 준비 자세를 취한다. 팔이 구부러지며 반대 손은 차렷 자세가 되고, 양 무릎이 구부러지면서 가슴 쪽으로 무릎을 끌어온다. 무릎이 가슴 쪽을 지날 때쯤 벽에 대고 있던 손을 밀면서 머리를 내밀어 호흡한다. 무릎을 계속 끌어와서 풀 벽 쪽

〈사이드 턴〉

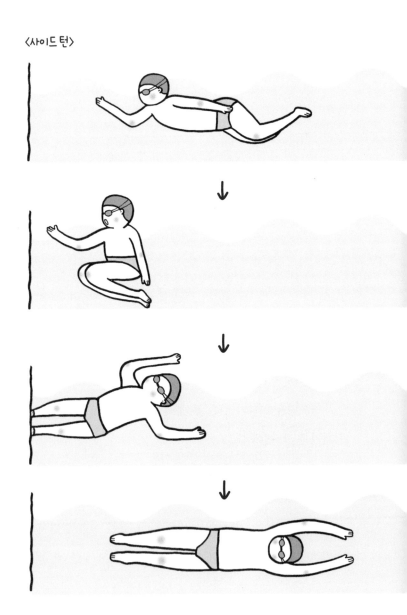

에 대면서 손은 머리를 따라 유선형 자세를 만들 준비를 한다. 양발이 풀 벽에 닿으면 양손이 머리 위에서 만난 상태인데 몸을 옆으로 틀어서 양발로 벽을 힘차게 밀고 나간다. 그다음 엎드린 유선형 자세로 바꾸고, 속도가 줄기 전에 물속에서 돌핀 킥을 몇 번 차고 수면 위로 나온 후 자유형을 시작한다.

　사이드 턴은 머리 위치가 거꾸로 향하지 않고 호흡하러 나오기만 하면 되므로 플립 턴보다는 배우기가 수월한 편이다. 다만, 수영 경기에서는 자유형과 달리 접영과 평영은 양손을 대고 사이드 턴을 해야 한다.

　플립 턴(Flip Turn) ≋≋≋　퀵 턴(Quick Turn)이라고도 부른다. 손으로 벽을 터치하지 않고 진행 방향으로 몸을 회전시켜서 양발로 벽을 차고 나오는 방법이다. 자유형 뺑뺑이(쉬지 않고 여러 바퀴를 도는 것)를 할 때 사이드 턴을 해도 되지만, 플립 턴으로 하는 것이 좀 더 빠르다. 자유형으로 헤엄치다 수영장 바닥 타일의 T자가 시야에 들어오기 시작하면 턴을 준비해야 한다. 턴하기 전에 마지막 스

〈플립 턴〉

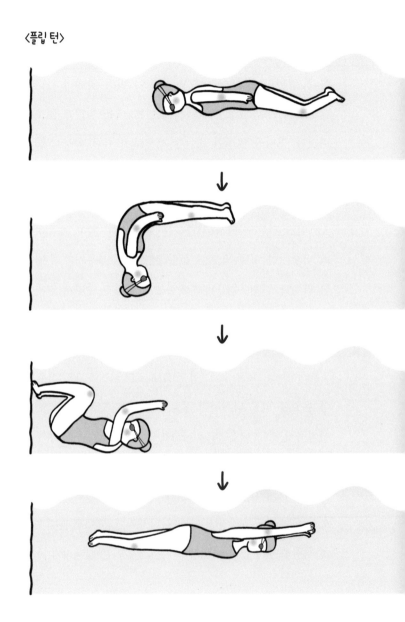

트로크에서 오른쪽으로든 왼쪽으로든 숨을 한 번 쉬고, 한 손씩 차렷 자세를 만들고 기다린다. 이때 너무 기다려서 속도가 줄지 않도록 하는 게 중요하다.

머리가 수영장 벽에 가까워질 때쯤 고개를 푹 숙여서 배꼽 쪽을 바라보면 쉬이 몸이 돌아간다. 그대로 두고 상체만 절반 정도 돌리는데, 자연스럽게 수면 위로 다리가 나와서 몸 전체가 돌아간다(처음에 벽에 접근하는 속도가 너무 느리면 안 된다). 팔은 차렷했던 위치에 그대로 둔 채 몸만 180도가량 돈다. 몸이 올바르게 돌았다면 얼굴은 수영장 천장을 향해 있고 손은 만세 자세가 되어 있을 것이다. 이 자세에서 두 손을 모으고 발바닥으로 수영장 벽을 수평으로 밀어준다. 밀려 나가면서 몸을 다시 돌려 물 위에 엎어진 자유형 자세로 돌아오면 된다. 때에 따라서는 플립 턴을 하면서 미리 몸을 옆으로 돌려놓고 출발하는 자세를 취하기도 한다.

그런데 처음엔 이게 쉽게 되지 않는다. 나도 마찬가지로, 머리가 거꾸로 되면 생각하는 기능도 잠시 먹통이 되는지, 내 손이 어디에 있는지조차 헷갈리는 바람에 어찌

어찌 간신히 턴을 할 수 있었다. 또 손을 가만히 두고 몸만 돌리는 것도 잘 안 되는 부분이다.

가장 중요한 것은 돌 때 코로 숨을 내뿜는 것이다. 그렇게 하지 않으면 코에 물이 확 들어와서, 빨개진 코를 부여잡고 컥컥대며 연거푸 기침을 하게 된다. 그런 불상사를 당하고 싶지 않다면, 도는 동안 코로 숨을 내뿜는 것을 멈추지 말아야 한다.

스타트(Start)

그랩 스타트(Grab Start) ≈≈≈ 그랩 스타트는 정지된 자세에서 더욱 빨리 스타트 블록을 차고 나갈 수 있고 배우기 쉽다는 이점 때문에 많이 사용한다.

준비 자세는 스타트대 앞쪽에 양발의 발가락을 걸고 무릎을 약간 굽힌다. 허리를 폴더처럼 접은 상태에서 양손은 어깨너비로 쭉 뻗어 두 발의 바깥쪽 스타트대를 잡는다. 엉덩이는 머리보다 높게 올리고 전체적인 자세는 낮춘다. 몸을 앞으로 쓰러질 듯이 유지한 상태에서 정지하고 있다가 출발신호가 울리면 무릎을 펴면서 앞으로 뛰어든다. 뛸 때 포물선 모양을 그려야 하는데, 양손을 머

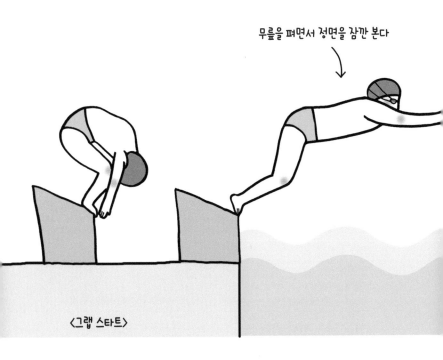

무릎을 펴면서 정면을 잠깐 본다

〈그랩 스타트〉

리 위로 올려 손끝부터 수면에 닿아 발끝에서 입수가 끝
날 수 있도록 완전히 들어가기 전까지 몸을 편 자세를 유
지한다.

깊이에 대한 감이 부족한 상태로 스타트대에 올라가게
되면 입수를 생각보다 깊이 하게 되고 머리나 손을 다칠
수 있다. 그래서 운동할 때 안전을 중시하는 수영장은 스
타트 강습을 하지 않는 경우도 있다.

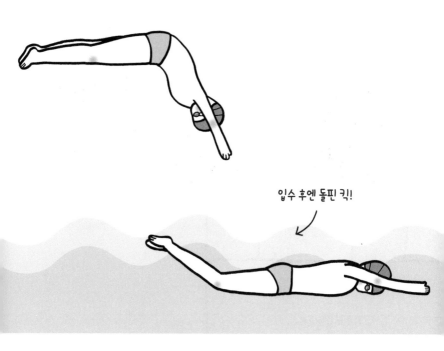

입수 후엔 돌핀 킥!

　하지만, 연습하면 할수록 어느새 공포감은 사라지고 스타트가 주는 재미를 알게 된다. 가끔 입수를 잘하면 꽤 빠른 속도로 물살을 쏴 가르는 느낌이 드는데, 그 순간의 짜릿함은 맛본 사람만 알 수 있다.

　크라우칭 스타트(Crouching Start) ≋ 수영을 좀 오래 한 마스터즈 수영인들이 준비 자세 후 상체를 뒤로 젖혔다

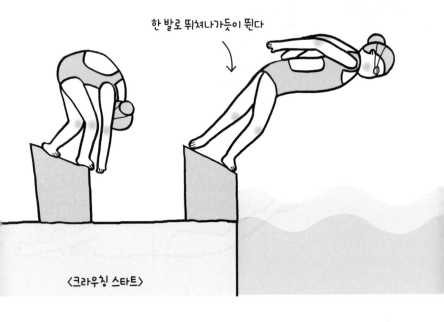

한 발로 뛰쳐나가듯이 뛴다

〈크라우칭 스타트〉

가 스프링처럼 튕겨 나가는 모습을 본 적이 있을 것이다. 바로 크라우칭 스타트다. 육상 단거리 선수들이 스타트 블록에 한 발을 뒤로 빼서 디디고 있다가 출발하는 것과 비슷하다.

준비 자세는 그랩 스타트와 동일한데, 한 발을 뒤로 빼고 뒤꿈치를 약간 들어준다는 점이 다르다. 몸을 뒤로 당겨서 무게 중심을 뒤로 옮겼다가 앞으로 튕겨내듯이 출

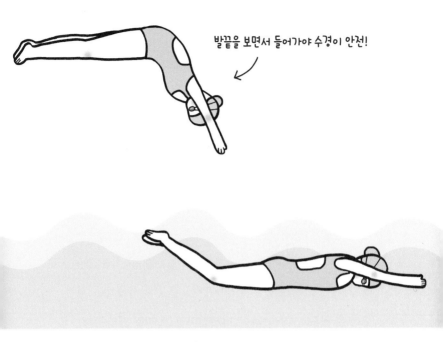

발끝을 보면서 들어가야 수경이 안전!

발하는 사람도 있고, 그랩 스타트처럼 앞으로 몸이 쏠린 상태에서 바로 점프하는 사람도 있다. 두 발이 모두 앞으로 쏠려 있는 것이 아니어서 준비 자세가 좀 더 안정적이고, 신호가 울리기 전에 움직인다거나 물에 빠져버리는 실수를 할 확률이 줄어든다.

어느 타입의 스타트 방법이든 장단점이 있기 때문에 자신한테 편하고 맞는 것을 선택하면 된다. 수영 강습이

나 아마추어대회에서도 여러 가지 타입의 스타트 자세를 관찰할 수 있다. 그랩 스타트를 하는 사람, 크라우칭 스타트를 하는 사람, 바닥에서 시작하는 사람도 있고, 그것도 아니면 물속에서 벽을 차고 출발하는 사람도 있다.

수경이 자꾸 벗겨진다면 ≋ 내가 수영 스타트를 배울 때 가장 곤란했던 게 자꾸 수경이 벗겨진다는 점이었다. 입수할 때 고개를 빨리 숙이지 않은 게 가장 큰 이유였는데, 자세를 고치는 데는 오랜 시간이 걸렸다. 자세를 고쳐보려고 해도 수경이 자꾸 벗겨진다면 스타트 연습 시간이 고역으로 다가올 수 있고 수영에 대한 흥미를 잃을 수도 있는 일이다.

나도 수경이 계속 벗겨져서 고민이던 때 여러 가지 방법을 시도해보았는데, 가장 좋은 건 수경을 바꾸는 것이었다. 개개인의 얼굴형이 다 다르기 때문에 나에게 꼭 맞는 타입의 수경을 찾는 것이 큰 도움이 되었다.

나는 노 패킹 수경보다 고무 패킹이 들어 있는 쪽이 좀 더 얼굴에 잘 맞아서 쉽게 벗겨지지 않았다. 어떤 강사의 조언에 따르면, 수경 끈을 머리의 아래쪽에 걸치는 것보다 약간 위쪽으로 걸치면 훨씬 덜 벗겨진다고 한다.

수영은 실컷 배워놓고 스타트 때 수경이 뒤집어져서 출발도 못 해보고 허우적댄다면 너무나 안타까운 일일 것이다. 그러므로 자세를 고치는 것도 중요하지만 일단 수경이 안 벗겨지는 노하우를 터득해 응급처치(?)해보는 것도 좋은 방법이다.

밑에 있는 끈을
위로 올려 겹친다

오늘도, 수영

초판 1쇄 인쇄 2019년 8월 27일
초판 1쇄 발행 2019년 9월 10일

지은이 아슬
펴낸이 이범상
펴낸곳 (주)비전비엔피 · 애플북스

기획 편집 이경원 유지현 김승희 조은아 박주은
디자인 김은주 이상재
마케팅 한상철 이성호 최은석
전자책 김성화 김희정 이병준
관리 이다정

주소 우) 04034 서울특별시 마포구 잔다리로7길 12 (서교동)
전화 02) 338-2411 | **팩스** 02) 338-2413
홈페이지 www.visionbp.co.kr
인스타그램 www.instagram.com/visioncorea
포스트 post.naver.com/visioncorea
이메일 visioncorea@naver.com
원고투고 editor@visionbp.co.kr

등록번호 제313-2007-000012호

ISBN 979-11-90147-05-7 03810

이 도서의 국립중앙도서관 출판예정도서목록(CIP)은 서지정보유통지원시스템 홈페이지(http://seoji.nl.go.kr)와
국가자료종합목록 구축시스템(http://kolis-net.nl.go.kr)에서 이용하실 수 있습니다. (CIP제어번호 : CIP2019033005)